Ernst Moritz Arndt
Die schönsten Märchen

Ernst Moritz Arndt (1769–1860)

Ernst Moritz Arndt

Die schönsten Märchen

Mit einem Vorwort
von Ursula Schulze

Artemis & Winkler

Ausgewählte Märchen. Die Texte entstammen der Ausgabe »Ernst Moritz Arndt, Märchen« (Winkler Verlag, München 1971. Reihe Die Fundgrube, Nr. 53), die ihrerseits auf der zweibändigen Originalausgabe »Mährchen und Jugenderinnerungen« (Berlin 1818 und 1843) beruht.

Mit sechs Illustrationen von Moritz von Schwind (1804–1871) und zehn Scherenschnitten von Philipp Otto Runge (1777–1810).

Die Deutsche Bibliothek – CIP-Einheitsaufnahme
Ein Titeldatensatz für diese Publikation ist bei
Der Deutschen Bibliothek erhältlich.

Umschlagmotiv: »Die Nymphe Krokowka«. Gemälde von Moritz von Schwind (Leihgabe der Bundesrepublik Deutschland im Von der Heydt-Museum, Wuppertal)
© Professionelle Fotografie Peter Frese, Wuppertal
Satz: Fotosatz Moers, Mönchengladbach
Druck und Bindung: Clausen & Bosse, Leck
ISBN 3-538-06940-9

Inhalt

Vorwort

Mit dem Namen Ernst Moritz Arndt verbindet sich für Kenner deutscher Literatur und Geschichte des 19. Jahrhunderts die Vorstellung von einem enthusiastischen Patrioten, der mit publizistischen Mitteln gegen Napoleon und für die deutsche Freiheit kämpfte und der vor allem wortgewaltig zu den Befreiungskriegen anfeuernde Lieder schuf. Daß ein derartiger Autor, dessen Verstand und Sinne sich auf die Gegenwart richteten, Märchen verfaßt hat, mag überraschen. Die meisten Literaturlexika erwähnen sie denn auch kaum, doch das Interesse für Märchen, sei es an eine volkstümliche Tradition anknüpfend oder kunstvolle Texte neu konzipierend, gehörte in der ersten Hälfte des 19. Jahrhunderts durchaus zum »Geist der Zeit« (so der Titel einer in vier Teilen 1806-1818 erschienenen Aufsatzsammlung des Publizisten Arndt).

Seine landschaftliche und familiäre Herkunft, seine mitunter atavistische Religiosität disponierten Arndt für Phantasien einer Welt, die nicht in rationalem Macht- und Eroberungsstreben aufging. Napoleon »der Emporgekommene«, das »erhabene Ungeheuer« zerstörte in den Augen des Freiheitskämpfers die positiven Kräfte des Volkes, die er in romantischer Geschichtsauffassung verklärte.

Am 26. Dezember 1769 wurde Ernst Moritz Arndt auf der Insel Rügen in Schoritz als Sohn eines ehemalig leibeigenen, freigewordenen Gutsinspektors geboren (Rügen stand damals unter schwedischer Herrschaft). Spuren dieser Sphäre blieben lebenslang in Arndts literarischen Motiven und seiner sozialen Grundhaltung erkennbar: Er vertraute auf die patriarchalische Ordnung und stand der neuen industriellen Entwicklung fremd gegenüber. Andererseits hat er auf langen Reisen nach Norden, Süden, Westen und Osten Europa kennengelernt. 1803 wandte er sich in einer Schrift gegen die Leibeigenschaft und trug zu deren Aufhebung im schwedischen Pommern bei. Er hat sich für die Erziehung der Deutschen zur Demokratie engagiert, und 1848 votierte er als ältester Abgeordneter der Frankfurter Nationalversammlung für eine konstitutionelle Monarchie, einen christlichen Ständestaat.

Dazwischen liegen Jahrzehnte publizistischer, stark antifranzösischer und auf die Einheit der deutschen Staaten ausgerichteter Aktivitäten. Sie haben ihm Verfolgung, Schriftenverbot, Entlassung aus dem Dienst und Entfremdung im privaten Bereich – in Greifswald – eingebracht.

Zunächst sollte der Gutsinspektorssohn Pfarrer werden, und er hat auch nach entsprechendem Studium in Greifswald das theologische Examen abgelegt, aber das gleichzeitig betriebene Geschichtsstudium entsprach mehr seinem Interesse und bestimmte seine Berufsperspektive. Seit 1800 lehrte er an der Universität Greifswald. Nach Jahren der Unsicherheit, vor allem veranlaßt durch agitatorische Flugschriften während der Befreiungskriege, erhielt er 1818 einen Ruf zum Professor an die neugegründete Universität Bonn. Die jüngere Geschichte war sein Lehrfach, eben das Gebiet, in dem er sich in seinen Schriften profiliert hatte. Aber die politischen Tendenzen hatten sich in der nachnapoleonischen Ära verändert. 1820 wurde Arndt der Teilnahme an geheimen Gesellschaften verdächtigt und aus seinem Amt entfernt. Erst 20 Jahre später erfolgte seine Rehabilitierung durch den preußischen König Friedrich Wilhelm IV. Daraufhin konnte er im hohen Alter von 80 Jahren noch einmal für fünf Jahre auf die Lehrkanzel steigen. Das Rheinland war seine zweite Heimat geworden. Er starb am 29. Januar 1860 in Bonn.

Neben den politischen, zeitkritischen Schriften steht in Arndts Gesammelten Werken eine große Zahl von Gedichten. Es wäre eine einseitig verkürzende Auswahl, nur die lauten agitatorischen Texte wahrzunehmen, die auch später – aus der historischen Situation gelöst – kriegsverherrlichend rezipiert wurden, etwa »Der Gott der Eisen wachsen ließ« und »Was ist des Deutschen Vaterland?«. Die Appelle zu soldatischer Opferbereitschaft hatten für Arndt ihre wichtige Funktion im Kampf um die Befreiung vom »Napoleonischen Joch« und um die Einheit des deutschen Volkes »Soweit die deutsche Zunge klingt / und Gott im Himmel Lieder singt«. Diese Lieder vermischen auf eine heute kaum erträgliche Weise Kriegsdienst und Gottesdienst. Doch daneben stehen zahlreiche Gedichte, in denen Arndt ganz andere Töne anschlägt, geschult an Martin Luther und Matthias Claudius. Von seinen geistlichen Liedern haben zwei bis heute im Evangelischen Kirchengesangbuch die verschiedenen Revisionen überdauert. »Ich weiß woran ich glaube« von 1819 steht ganz in der reformatorischen Tradition. Es drückt die Frömmigkeit aus, die Arndt durch sein Leben begleitet hat: Vertrauen auf einen ewigen Meister hier und im Jenseits.

Patriotische Lieder, geistliche Lieder, Kinderlieder und Gedichte in volkstümlichem Ton, die romantische und mythisierende Bilder dichterisch lebendig gestalten, bilden zusammen das facettenreiche lyrische Œuvre. »Die Klage um den kleinen Jakob« hat ihren unverrückbar festen Platz im »Neuen Conrady«, sie weist in die gleiche Bilderwelt wie die »Ballade« von 1809:

Und die Sonne machte den weiten Ritt
Um die Welt,
Und die Sternlein sprachen: »Wir reisen mit
Um die Welt«;
Und die Sonne sie schalt sie: »Ihr bleibt zu Haus,
Denn ich brenn' euch die goldnen Äuglein aus
Bei dem feurigen Ritt um die Welt.«

Und die Sternlein gingen zum lieben Mond
In der Nacht,
Und sie sprachen: »Du, der auf Wolken thront

In der Nacht,
Laß uns wandeln mit dir, denn dein milder Schein
Er verbrennt uns nimmer die Äugelein.«
Und er nahm sie, Gesellen der Nacht.

Nun willkommen, Sternlein und lieber Mond,
In der Nacht,
Ihr verstehet, was still in den Herzen wohnt
In der Nacht.
Kommt und zündet die himmlischen Lichter an,
Daß ich lustig mitschwärmen und spielen kann
In den freundlichen Spielen der Nacht.

Das ist die Sphäre, der sich Arndt in seinen Märchen zuwendet, und zwar nicht erst im Alter; er hat sie als Reminiszenzen an seine Kindheit in der Mitte seines Lebens geschrieben (1818 erschien der erste Band, 1843 ein zweiter). Bezeichnend erscheint die Widmung an seine Schwester Dorothea, die er – den Namen aus dem Griechischen ins Deutsche übertragend – »Gottsgab« nennt. Angeregt ist der erste Märchenband zweifellos durch die 1812/15 erschienenen Kinder- und Hausmärchen der Brüder Grimm. Arndt ließ sich auch in literarischer Hinsicht vom Zeitgeist inspirieren. Doch seine Märchen unterscheiden sich von denen der Grimmschen Sammlung.

Es sind Erzählungen verschiedener Art, deren märchenhafter Charakter durch übernatürliche Elemente bewirkt wird: freier Übergang vom menschlichen zum tierischen Wesen, Aufhebung der Gesetze von Zeit und Raum, Zugänglichkeit der Elemente, besonders des Wassers für den Menschen. Die Struktur der Geschichten und ihre sprachliche Gestaltung haben keinen einheitlichen Duktus, sie sind nicht von typisierenden Handlungs- und Wortformeln geprägt, welche die Grimmschen Märchen zu einer einheitlichen Gattung formen. Arndts Märchen sind ein Produkt der Fabulierfreude und seiner leichten Feder. Ohne den Anspruch des Kunstmärchens zu erheben, will er volkstümlich erzählen, doch sind die Texte nicht speziell für Kinder geschrieben. Die Motive und Namen entstammen verschiedensten Bereichen: Aus Mythen seiner heimatlichen Ostseelandschaft, aus orientalisierenden Abenteuergeschichten, aus Teufelslegenden und Tierfabeln sowie aus anderen Märchen hat er geschöpft; die heterogenen Elemente hat er z.T. frei kombiniert. Selten bleiben die Figuren ortlos, Arndt hat sie in der geographisch bestimmten Welt angesiedelt, und ihre Namen beschränken sich nicht auf Hans, Mariechen u. ä., sondern sie kommen aus einem breiten Reservoir.

Anders als die Brüder Grimm, die zwar auch mit einem klaren Schema von Gut und Böse umgehen, aber die Moral selten ausformulieren, treten bei Arndt moralisierende Bemerkungen stärker hervor. Sie beruhen auf einfachen, wenig differenzierten Vorstellungen, wie Menschen von bestimmten Lebensformen verführt werden und auf eine schiefe Bahn geraten, daß der Reiche zum Bösen neigt und der Arme per se gut ist. All das verbindet der Verfasser mit Vorstellungen von weiblichen Zauberkünsten und Hexerei, die er kaum relativiert.

Verwandlungen und bösen Schwiegermüttern hat er einen besonderen Platz in seinen Erzählungen eingeräumt und dabei überkommene Motive aufbereitet, wie z. B. im »Aschenbrödel« (das bei ihm männliche Wort, der Aschenbrödel, verwendet er für eine weibliche Figur). Neben »Cinderella«, »Cenerentola« und dem Grimmschen »Aschenputtel« hat Arndts Version, die er selbst für eines seiner schönsten Märchen hielt, ihren eigenen Reiz. Der Dichter verlegt die Handlung ins Mittelalter: Nanthildchen ist die Tochter eines fränkischen Königssohns, der sie aus dem Morgenland mitgebracht hat; er lebt mit ihr als vertriebener Herrscher in idyllischer Einsamkeit. Ein Prinz – Sohn seines Todfeindes – entdeckt das Mädchen, und eine kindliche Liebesbeziehung entsteht, die anhält, auch als der Vater mit der Tochter an einen anderen Ort entflieht. Erst dann kommt die böse Stiefmutter mit ihren Töchtern ins Spiel. Nach dem Tod des Vaters machen sie das schöne Mädchen zum Aschenbrödel. Der Prinz sucht nach seiner Geliebten mit dem bekannten Motiv vom verlorenen Schuh, der nur auf einen ganz kleinen Fuß paßt, und die Geschichte schließt mit Vereinigung und glücklichem Leben des Paares.

So positiv gehen jedoch nicht alle Märchen Arndts aus. Die Erlösung verzauberter und verwandelter Menschen bleibt des öfteren in der erzählten Zeit aus, allerdings weist die Handlung in eine offene Zukunft, in der die zu einer Wende notwendigen Bedingungen vielleicht eintreten, so daß z. B. die sieben Mäuse und der Stein, auf dem sie jede Nacht tanzen, wieder in sieben Mädchen und ihre Mutter zurückverwandelt werden könnten und daß die Prinzessin Svanvithe irgendwann aus dem See, wo sie bei einem unterirdischen Schatz verharren muß, wieder heraufkommen kann, sobald am Johannistag jemand die Gewalt der Unterirdischen bricht.

Hinter der Namensähnlichkeit von Svanvithe verbirgt sich keine Version des Schneewittchen-Märchens; es gab eine slawische Gottheit Svantevit, die in Arkona auf Rügen verehrt wurde. Arndt verbindet im Rügenschen Ambiente zwei Geschichten; die eine handelt von einem alten Heidenkönig, der, zur Strafe für seinen Geiz im Erdinnern gefangen, nicht sterben kann, die andere erzählt von einer verleumdeten Prinzessin, die, um ihre Unschuld zu beweisen, sich in eben jenen See fallen ließ, unter dem der Alte bei seinem Goldschatz sitzt. Beide, der König und die Jungfrau, warten auf ihre Erlösung, und sie überdauern die Zeit als Phantome, die bei Gartz auf Rügen bisweilen erscheinen: ein Ritter über dem Wasser und eine Prinzessin auf der Mauer.

Zu den mythisch-magischen Zaubermärchen kommen Geschichten von Menschen, die Tiergestalt annehmen: Zwei Mädchen, vom Leichtsinn zum Tanz und schönen Leben verlockt, kommen auf den Weg des Bösen und werden deshalb zu einem Rotkehlchen und einem Kohlmeischen verwandelt. In einem Wiedehopf, der ein höllenfarbenes Federkleid trägt, fristet ein habsüchtiger, diebischer Schneider sein

Leben. Zwei unschuldige Kinder des Königs von Schottland hat ihre Stiefmutter durch Hexerei in die Gestalt eines Wolfs und einer Nachtigall verbannt. Doch treue Liebe und Blutzauber wirken dem Bösen entgegen, sie führen zur Erlösung der Unschuldigen und zur Bestrafung der Hexe.

Überhaupt stellt Liebe als mythisierte Energie auf weiblicher und männlicher Seite in mehreren Märchen die zerstörte und verlorene Ordnung wieder her, so z. B. im »Schneeflöckchen« und im »Baurendom«, negativ gespiegelt auch in dem Märchen vom »Schlangenkönig«, das Jeanne-Marie de Beaumonts Märchennovelle »Die Schöne und das Tier« (»La belle et la bête«) abwandelt. Im Arndtschen Märchen wartet ein zur Schlange verzauberter treuloser Prinz vergebens auf den Kuß eines liebenden Mädchens, das ihn erlösen könnte.

Satanische Wirkungsmacht bezieht Arndt nicht nur durch die Hexenmotivik in seine Erzählungen mit ein, er läßt auch den Teufel selbst auftreten. Eine Verkörperung Satans erscheint z. B. im »Rattenkönig«, der die Menschen mit Schätzen auf verbotene Wege lockt. Die in derartigen Märchen verborgene Sozialethik erscheint heute problematisch, sie ist Ausdruck des oben erwähnten Ideals von einem armen, aber frommen und guten Menschen. Daß Gottvertrauen und moralische Integrität schier übernatürliche Kräfte verleihen, erzählt Arndt in dem wegen seines großen Umfangs in die vorliegende Auswahl nicht aufgenommenen Märchen »Der starke Hans«, das er selbst besonders geschätzt hat. Es enthält die Geschichte eines jungen Schuhmachers aus Eisleben, der ungewöhnliche Kräfte besitzt, die er aber nicht mißbraucht. Als Hans Begleiter des verkleideten Teufels wird, widersteht er dessen Verführungen und schlägt ihn, sobald er sein Wesen erkennt, zu einem kleinen schwarzen Mistkäfer. Außerdem ist ein weiterer Motivkomplex mit dem starken Hans verbunden: Er besiegt wilde Tiere, die ihn anschließend wie Hunde begleiten, er gewinnt Schätze in der Wüste, überwindet den bösen Mohrenkönig mit Hilfe wundersamer Wesen und befreit eine geraubte Prinzessin, um zuletzt wieder nach Eisleben zurückzukehren.

Die Verknüpfung heterogener Elemente in Arndts Märchen vermag auf heutige Leser einen besonderen Reiz auszuüben. Der Verfasser beglaubigt seine Geschichten z.T. durch Verweise auf Gewährsleute und durch Wahrheitsbeteuerungen des Ich-Erzählers. Er präsentiert seine Geschichten als geglaubte Traditionen, die unheimliche und markante Naturerscheinungen spielerisch erklären und mit Wunschträumen verbinden. Die geschaffene Phantasiewelt hebt von der Wirklichkeit ab, für die Arndt an anderer Stelle durchaus einen scharfen Blick beweist. Nur im »Baurendom« kokettiert er mit dem Gedanken, daß Märchenglauben auch das Leben mit gestaltet. Vielleicht steckt darin eine Anregung für die heutige Welt, durch phantasievolle Entwürfe manche unüberwindlich erscheinenden Grenzen zu überschreiten.

Ursula Schulze

An Gottsgab

Du schreibst mir, mein süßes Kind! »Ach! wenn das schön Rügenland und der schöne Rhein doch so leicht zusammenkommen könnten, als die Gedanken!« Ja wohl ist es traurig, daß was sich lieb hat oft so fern von einander wohnen muß und sich bloß durch geistige meistens unsichtbare Boten noch erreichen kann. Ich gebe dir hier ein Bündelchen Gedankenspiele, die auch als solche leicht geflügelten Boten kommen und gehen mögen. Du kennest viele davon, du hast viel mit darin gespielt. Andere, die auch mit dabei gewesen, blinzeln nun nicht mehr durch den oft verdunkelten gläsernen Berg der Erde, nein sie schauen schon mit himmlischen Augen aus dem reinen hellen Firmament auf das blinde Maulwurfsgewimmel dieser Erde herab. Diese sind auch jetzt ein wenig mit dabei gewesen und sie sollen dich mit den schönsten Gütern segnen, welche die irdische Welt geben kann.

***

Wie diese Märchen zur Welt kommen? Zufällig, wie so viele Dinge dieser Welt. Meine Bücher waren auf einer Seereise von der Ostsee zu dem Zuydersee größtenteils im Wasser ersoffen: ich konnte und ich mochte nichts Ernstes und Schweres anfassen. Da mußte ich denn, damit ich meinen Kummer und Verdruß tröstete, versuchen, ob ich mir die Welt und ihre Dinge noch in das leichte Spiel verwandeln könnte, was sie sind und billig immer sein sollten: und so habe ich diese leichten Träume und Kinderspiele der Jugend zusammengelesen, die teils auf dem Papiere teils in dem Kopfe lange fertig lagen.

Weiter ist über sie nichts zu sagen; aber ein Wörtchen sollte ich über meine Sprache sagen.

Weise Meister werden kommen und sprechen: dies ist nicht richtig, und das ist nicht teutsch, und jenes ist veraltet.

Ich antworte diesen weisen Meistern kurz: Ich werde auch wohl einmal Rede und Antwort geben, wie ich seit zwanzig Jahren teutsche Sprachstudien getrieben habe. Hier sage ich nur, daß die meisten der weisen Meister nur Büchermeister sind, und wenige unter ihnen Lebensmeister, und daß das das magerste und schlechteste Teutsch ist, was sich allein aus Büchern lernt.

Mit boshaften Wortverdrehern und Mißbrauchern der Sprache, während sie andere des Mißbrauchs beschuldigen, mit solchen, die, damit sie ehrlichen Leuten etwas anhängen, sich noch dummer gebärden, als sie sind, werde ich mich nie einlassen, weil ich gern über den Schmutz der Bosheit hinschwebe und in dem kurzen Leben heitere Gedanken zu hoch anschlage.

Den Dritten endlich, die es mit der Muttersprache treu und redlich meinen und das Löbliche wollen, sage ich nur, sie sollen manches Wort etwas näher betrachten und ihm länger bis zu seiner Quelle nachjagen, ehe sie das Zeter welsch und fransch darüber schreien.

Geschrieben zu Bonn den dritten des Christmonds 1817.

Der Wolf und die Nachtigall

In alten Zeiten, da es alles noch ganz anders war in der Welt als jetzt, lebte ein König in Schottland, der hatte die schönste Königin in allen Landen, von einer so seltenen Schönheit und Lieblichkeit, daß sie weit und breit als die Allerschönste besungen und von Dichtern und Erzählern der schottische Vogel Phönix zugenannt ward. Diese schöne Königin gebar dem Könige zwei Kindlein, einen Sohn und eine Tochter, und starb dann in ihrer Jugend hin. Der König trauerte viele Jahre um sie und konnte sie nie vergessen, sagte auch, er wolle nimmer wieder heiraten. Aber der Menschen Sinn ist wankelmütig und kann sich auf sich selbst nicht verlassen; denn als viele Tage vergangen und die Kinder schon groß waren, nahm er sich doch wieder eine Frau. Diese Frau war sehr bös und eine schlimme Stiefmutter gegen die Kinder des Königs. Es waren aber der Prinz und die Prinzessin rechte Spiegel der Huld und Lieblichkeit, und der Haß der Stiefmutter gegen die Kinder kam auch daher, daß die Leute, bei welchen die verstorbene Königin in gutem Andenken stand, immer noch von dieser sprachen, sie aber verschwiegen, und daß sie, wenn sie mit der jungen Prinzessin erschien, gegen diese aufjauchzeten und riefen: sie ist gut und schön, wie ihre Mutter war. Das verdroß sie, und sie ergrimmte in sich und sann auf arge Tücke, barg aber ihr böses Herz unter Freundlichkeit. Denn sie durfte sich's vor dem Könige nicht merken lassen, daß sie den Kindern gram war, und das Volk würde sie gesteinigt und zerrissen haben, wie sie ihnen ein Leides getan hätte.

Die Prinzessin, des Königs Tochter, welche Aurora hieß, war nun fünfzehn Jahre alt geworden und blühete wie eine Rose und war die schönste Prinzessin weit und breit. Und es zogen viele Königssöhne und Fürsten und Grafen her und buhlten um sie und begehrten sie zum Gemahl; sie aber sprach zu ihnen: »Mir gefällt die fröhliche und ledige Jungfrauschaft besser, als alle Freier«, und damit mußten sie wieder hinreisen wo sie hergekommen waren. Endlich aber kam der Rechte: es war ein Prinz aus Ostenland, ein gar schöner und stattlicher Herr. Diesem verlobte sie sich mit Einwilligung des Königs und ihrer Stiefmutter. Und schon war der Hochzeitkranz gewunden und die Spieler zum Tanze bestellt, und alles Land war in Freude ob der Vermählung der schönen Prinzessin Aurora. Aber die Stiefmutter dachte ganz anders in ihrem Sinn, als sie sich gebärdete, und sprach: »Ich will Spielleute bestellen, die sollen zu einem andern Tanze aufspielen, und die Füße sollen anderswohin tanzen als ins Brautbett.« Denn sie sprach bei sich: Diese verdunkelte mich ganz und wird mich noch mehr verdunkeln, und vor dieser Aurora muß meine Sonne untergehen, zumal wenn sie einen so stattlichen Mann zum Gemahl bekommt und dem Könige ihrem Vater Enkel bringt; denn ich bin unfruchtbar und kinderlos. Auch hangt das Volk ihr an und schreit ihr nach, mich aber kennen sie nicht und wollen sie nicht kennen; und doch bin ich die Königin: ja ich bin die Königin! und bald sollen sie es alle wissen, daß ich es bin und nicht Aurora. Und sie sann nun auf viele arge Listen Tag und Nacht hin und her, wie sie die Prinzessin und ihren Bruder verderben wollte; aber es wollte ihr keine einzige gelingen: denn sie waren zu gut bewacht und behütet von den Dienern und Dienerinnen, die sie hatten. Diese sahen auf sie wie auf ihren Augapfel und wichen Tag und Nacht nicht von ihnen wegen der Liebe, die sie zu ihrer Mutter, der seligen Königin, trugen. Als nun keine Zeit mehr übrig und der Hochzeittag schon da war und sie sich nicht mehr zu helfen wußte, gedachte sie der allerbösesten Kunst, die sie wußte, und kam zu den Kindern mit der leidigsten Freundlichkeit und bat sie, einen Augenblick mit ihr in ihren Rosengarten zu kommen, sie wolle ihnen eine wunderschöne Blume zeigen, die eben aufgebrochen sei. Und sie gingen gern mit ihr, denn der Garten war hart hinter dem Schlosse; auch konnte niemand an etwas Arges denken, denn es war der helle

Mittag, und der König und die Prinzen und Prinzessinnen des Landes waren alle in dem großen Schloßsaale versammelt, da gleich die Vermählung geschehen sollte. Und sie führte die Kinder in die hinterste Ecke des Gartens, wo ihre Blumen standen, unter einen dunkeln Taxusbaum, als wollte sie ihnen da etwas Besonderes zeigen. Sie aber murmelte einige leise Worte für sich hin, brach dann einen Zweig von dem Baum, und gab dem Prinzen und der Prinzessin einige Streiche damit auf den Rücken. Und alsbald wurden sie in Tiere verwandelt: der Prinz sprang als ein reißender Wolf über die Mauer und lief in den Wald, und die Prinzessin flog als ein kleiner grauer Vogel, der Nachtigall heißt, auf den Baum, und sang ein trauriges Lied.

Die Königin spielte ihr Spiel so gut, daß auch kein Mensch etwas merkte. Sie lief laut schreiend dem Schlosse zu und sank mit zerrissenen Kleidern und zerrauften Haaren an den Stufen des Saales hin, als sei ihr ein großes Leid geschehen, und der König hieß sie von den Kammerfrauen wegtragen. Es verging wohl eine gute Viertelstunde, ehe sie wieder zu sich kam. Da gebärdete sie sich sehr traurig und weinte und schrie: »Ach! du arme Aurora, welchen Brauttag hast du erlebt! ach du unglücklicher Prinz!« So schrie sie einmal über das andere, und erzählte dann, ein Schwarm Räuber sei plötzlich hinten in den Garten gedrungen und habe die beiden Königskinder mit Gewalt von ihrer Seite gerissen und entführt; sie aber haben sie zu Boden geschlagen und halb tot liegen lassen; und sie zeigte eine Beule an der Stirn, die sie sich absichtlich an einem Baum gestoßen hatte. Und alle glaubten ihren Worten, und der König hieß alle seine Herren und Grafen und Ritter und Knappen aufsitzen und den Räubern nachjagen. Diese durchritten nach allen Seiten den Wald und alle Schlüchte und Klippen und Berge rings um das Schloß wohl zwei drei Meilen weit, aber von den Räubern und von dem Prinzen und von der Prinzessin fanden sie auch nicht die geringste Spur. Und der König ruhete nicht und ließ weiter suchen und forschen viele Wochen und Monate, und sandte

Boten und Kundschafter aus in alle Länder; aber sie kamen immer vergebens zurück, und mit dem Prinzen und der Prinzessin war es, als ob sie nie gelebt hätten: so ganz waren sie verschollen. Der alte König aber glaubte, die Räuber hätten sie wegen der kostbaren Juwelen und Edelsteine entführt, die sie am Hochzeittage trugen, und hätten sie beraubt und dann tot geschlagen und irgendwo eingescharrt, damit man ihnen nie auf die Spur kommen könnte; und er grämte sich so sehr, daß er bald starb. Bei seinem Sterben übergab er, weil er keine Kinder hatte, der Königin das Reich, und bat seine Untertanen, daß sie ihr treu und gehorsam sein möchten, wie sie ihm gewesen waren. Sie taten es auch und erkannten sie als ihre Königin, mehr aus Liebe zu ihm als aus Liebe zu ihr.

So waren vier Jahre verschienen und der König schon das andere Jahr tot, und die Königin fing an mit großer Gewalt über die Länder zu herrschen, und kaufte sich für die Schätze, die der alte König ihr hinterlassen hatte, viele fremde Soldaten, die sie über das Meer kommen ließ und die ihre Krone und ihr Schloß bewachten. Denn sie wußte, daß sie von den Untertanen nicht geliebt war, und sprach:

»Nun mögen sie aus Furcht tun, was sie aus Liebe nicht tun würden.«

So geschah es, daß sie von Tage zu Tage bei jedermänniglich mehr verhaßt ward, aber keiner durfte es sich merken lassen, denn auf das leiseste Geflüster gegen die Königin war der Tod gesetzt. Aber die Leute lassen das Wispern und Flüstern darum doch nicht, und weil das Sprichwort wahr ist:

»Es ist nichts so fein gesponnen, es kommt endlich an die Sonnen.«

so hatte es von Anfang an gemunkelt*, als die Königskinder verschwunden waren: kein Mensch könne wissen, was der

* Munkeln sagt man von Pferden, die im Sommer wegen der Bremsen mit dem Kopf schütteln; Munkeln heißt also: die Köpfe gegen einander bewegen, leise flüstern.

Spaziergang der Königin bedeutet habe. Denn es waren Leute genug, die ihr wegen ihrer scharfen Augen und ihrer unnatürlichen Freundlichkeit böse Künste zutraueten. Diese Munkelung unter dem Volke dauerte nun immer fort und nahm noch zu; sie aber kümmerte sich darum nicht, und dachte: die werden schon Tiere bleiben, was sie sind, und mir wird keiner die Königskrone nehmen. Aber es begab sich alles ganz anders, als sie gedacht hatte.

Den armen Königskindern ging es indessen doch recht schlecht.

Der Prinz war als ein brauner Wolf in den Wald gelaufen, und er mußte sich gebärden wie ein Wolf und heulen wie ein Wolf und durch die öden und wüsten Orte laufen bei Tage und bei Nacht, und wie ein Dieb einhergehen; denn auch die wölfische Furcht war in ihn gefahren. Und er mußte sich nähren wie die andern Wölfe von allerlei Raub von Wild und Vögeln, auch mußte er in der traurigen Winterzeit zuweilen wohl mit einem Mäuschen vorlieb nehmen und den Bauch einziehen und zähneklappen und zwischen den harten und kalten Steinen sein Lager nehmen. Und dies war gewiß keine prinzliche Lebensart, wie er sie vorher geführt hatte, ehe er aus der königlichen Pracht und Herrlichkeit in dieses wilde Elend verstoßen war. Das war aber das Besondere an ihm, daß er allein Tiere angriff und zerriß und nie nach Menschenblut gelüstete. Doch nach einer hätte ihn wohl gelüstet, nach der bösen Frau, die ihn verwandelt hatte; aber diese hütete sich wohl, dahin zu kommen, wo sie den Zähnen dieses Wolfes begegnen konnte. Man soll aber nicht glauben, daß der Prinz, der nun ein Wolf war, noch menschliche Vernunft hatte; nein, es war sehr finster in ihm geworden, und mit dem Bilde des Tieres, in welchem er durch die Wälder laufen mußte, hatte er auch nicht viel mehr als tierischen Verstand. Das ist wahr, ein dunkler Trieb trieb ihn oft gegen das Schloß und den Schloßgarten hin, als hätte er dort einen Fang zu holen; doch hatte er keine deutliche Erinnerung der Vergangenheit: wie hätte er es dann auch in der Wolfshaut aushalten sollen? In den

Augenblicken, wo er diesen Trieb fühlte, war er mit einem besondern Grimm behaftet; aber immer, wie er ihnen auf tausend Schritt nahe kam, fuhr ein kalter Schauder in ihn und jagte ihn zurück. Und die Königin hatte dies mit ihrer Hexerei verschuldet, daß sie ihn bis so weit gebannt hatte; denn weiter hatte sie nicht gedurft. Sie aber stellte dem Wolfsprinzen nach dem Leben und ließ viel jagen in dem Forst, der sich um das Schloß herumzog, weil sie dachte, daß er wohl darin sein mochte. Deswegen ward fast alle Woche zweimal eine große Schalljagd und Klapperjagd auf Wölfe und Füchse angestellt; und damit sie einen fleißigeren Vorwand dazu hätte, hatte die Königin viele niedliche Dammhirsche in diesen Forst ausgesetzt, von welchen unser königlicher Wolf allerdings manchen verzehrte. Aber er rettete sich immer aus aller Gefahr, wie oft die Hunde ihm mit ihren Rachen auch das Haar auf dem Rücken schon zerbliesen und wie oft die Jäger auf ihn schossen. Er wich dann für den Augenblick abseits, und wann der Schall sich gesänftet hatte und die Jagdhörner verstummt waren, kam er in das Dickicht zurück, welches dem Schlosse nahe war, und sonnte sich häufig auf Plätzen, wo er als Knabe und Jüngling zuweilen gespielt hatte. Er wußte aber nichts mehr von der Vergangenheit, sondern es war eine verborgene Liebe, die ihn dahin lockte.

Die Prinzessin Aurora hatte als ein kleines Vögelein auf den Baum fliegen müssen und war in eine Nachtigall verwandelt worden. Ihr aber war in ihrem leichten und dünnen Federkleide die Seele nicht so verdunkelt, als dem Prinzen in der Wolfshaut, sondern sie wußte viel mehr von sich und von den Menschen und Dingen; nur sprechen konnte sie nicht. Dafür aber sang sie desto schöner in ihrer Einsamkeit, und oft so wunderschön, daß die Tiere vor Freuden hüpften und sprangen und die Vögel sich alle um sie versammelten und die Bäume dazu rauschten und die Blumen nickten. Ich glaube, auch die Steine hätten vor Lust getanzt, wenn sie so viel Liebe in sich hätten; aber deren Herz ist zu kalt. Auch die Menschen hätten wohl bald auf den kleinen Vogel gemerkt als auf einen besonderen Vogel und wäre wohl ein Gerede und Gemunkel davon unter den Leuten entstanden, wenn nicht etwas sie abgehalten hätte von dem Walde, daß sie die Nachtigall nie singen hörten. Es verhielt sich damit folgendergestalt:

Wie die Königin dem armen verwandelten Prinzen mit den vielen Schall- und Klapperjagden gern das letzte wölfische Lebenslicht ausgeblasen hätte und wie er dadurch über die ganze Wolfsfamilie großes Unglück brachte, habe ich schon erzählt. Aber auch über die kleinen Vögel ging es schlimm her, und in diesen Tagen der Tyrannei war es ein Unglück, in der Gegend des Schlosses als Amsel, Grasmücke und Nachtigall geboren zu sein. Die Königin nämlich, nachdem der alte Herr gestorben war und sie die Gewalt allein hatte, gebärdete sich plötzlich, als habe die Krankheit sie befallen, daß sie nicht allein das Geschrei und Gekrächze und Geschnatter unleidlicher Vögel nicht ertragen könne, sondern daß selbst das lieblichste Geklingel und Gezwitscher der lustigen kleinen Singvögelein sie unangenehm bewege. Und damit sie das allen Menschen glaublich machte, war sie bei solchen Gesängen, deren sich sonst alle Welt zu freuen pflegt, ein paarmal in Ohnmacht gefallen. Das war aber nur ein Schein, sie wollte eine böse Tat, sie wollte den Tod der kleinen Nachtigall, wenn sie etwa in diesen Hainen und Gärten herumflatterte. Das wußte sie aber wohl, daß das Vögelchen dem Schlosse auf tausend Schritt nicht nahen durfte, denn sie hatte es unter denselben Hexenbann gelegt, als seinen Bruder. Unter dem Titel dieser Unleidlichkeit und Empfindlichkeit gegen zarte und feine Klänge und Schalle ward denn freilich nicht bloß der kleinen liebenswürdigen Nachtigallprinzessin sondern allen andern Vögeln nach der Kehle gegriffen; sie waren alle in die Acht und Aberacht getan, sie waren alle für vogelfrei erklärt, und die Förster und Jäger der Königin erhielten den strengsten und gemessensten Befehl, auf alles, was Federn trägt, Jagd zu machen, und auch das Rotkehlchen ja nicht einmal den Zaunkönig zu verschonen, auf welchen ein guter Jäger sonst nie einen Schuß verliert. Dieser schreckliche Zorn der Königin ward ein Unglück für das ganze befiederte Volk, nicht bloß für die, welche im Freien flogen oder in Forsten und Hainen lebten, sondern auch für die, welche auf Höfen und in Zimmern gehalten werden. In der Hauptstadt und in der Umgegend des königlichen Schlosses blieb auch nichts Gefiedertes leben; denn die Leute meinten sich bei der Königin sehr einzuschmeicheln und ihre Gunst zu gewinnen, wenn sie es ihr nachmachten. Es war ein Schlachten und Morden der Unschuldigen wie der bethlehemitische Kindermord des Königs Herodes weiland. Wie vielen tausend Kanarienvögeln und Zeisigen und Nachtigallen und Distelfinken, ja selbst wie manchen ostindischen und westindischen Papageien und Kakadus wurden da die Hälse umgedreht! Schreihälsen und Liederkehlen, Schwätzern und Verschwiegenen drohete *ein* Schicksal, und das sogar war ein Verbrechen, als Gans oder Puter oder Hahn gebohren zu sein, und die gemeinen Haushühner fingen an so selten zu werden als chinesische Goldfasane. Und hätte die Königin noch einige Jahrzehende so gewütet gegen das Federvölkchen, so wäre es allmählich ausgestorben in dem Königreiche. Das war die Ursache, warum die Vögel nicht allein gemordet wurden, sondern auch fast kein Mensch mehr in den Wald spazieren ging, weil es so hätte gedeutet werden können, als wollten sie da Vogelgesang hören. So kam es denn, daß niemand die Wundertöne der kleinen Nachtigall belauschen konnte, als etwa hie und da ein einsamer Jäger. Der ließ sich aber nichts merken, damit er von der Königin nicht gestraft würde, daß er den Vogel nicht geschossen. Denn das muß man zur Ehre der Weidmänner sagen, daß sie doch meistens ihrer wackern Natur folgten und selten einen der kleinen Vögel schossen; aber platzen durch den Wald mußten sie, daß es knallte. Und dadurch schon ward es still von Gesängen und auch viele Vöglein zogen weg aus dem unaufhörlichen Getümmel und kamen nimmer wieder. Die kleine Nachtigall aber, welche Gott behütete, daß sie sich von allen diesen Nachstellungen rettete, konnte den grünen Wald hinter dem Schlosse nicht lassen, wo sie in ihrer

Kindheit so viel gespielt und gesprungen hatte, sondern wenn sie auch wegflog, so bald die Jagdhörner anbliesen und es mit Hurra und Wo Wo durch die Büsche tosete, kam sie doch immer bald wieder. Und obgleich ihre Liedlein, als aus einem traurigen Herzen klingend, meistens traurig und kläglich waren, deuchte es ihr doch recht anmutig, so unter den grünen Bäumen und bunten Blumen zu leben und dem Mond und den Sternen etwas Süßes vorzuklingen; und nur wenige Monate war sie unglücklich. Dies war die Zeit, wo der Herbst kam und wo sie mit den andern Nachtigallen in fremde Länder ziehen mußte, bis es wieder Frühling ward.

Das kleine Prinzessinvögelein hielt sich nun meist zu den Bäumen, Angern und Auen, wo sie als Kind gespielt oder als Jungfrau mit Gespielen ihres Alters Kränze gewunden und Reigen aufgeführt hatte, oder wo sie gar in den glücklichsten Tagen ihres Lebens mit dem Geliebten die Einsamkeit gesucht hatte. Am liebsten und am meisten wohnte sie in einer dichten grünen Eiche, die sich über einen rieselnden Bach beugte und oft das süße Geflüster der Liebe in ihren Schatten geborgen hatte. An dieser Stelle sah sie denn auch oft den Wolf, den ein dunkles Gefühl der Vergangenheit dahin führte; aber sie wußte nicht, daß es ihr armer Bruder war. Doch gewann sie ihn lieb, weil er sich so oft unter ihren Gesängen hinstreckte und lauschte, als verstände er etwas davon; und sie beklagte ihn wohl zuweilen, daß er ein zorniger und harter Wolf sein mußte und nicht flattern konnte und fliegen von Zweigen zu Zweigen, wie sie und andere Vögelein. Und nun muß ich auch noch von einem Manne erzählen, der in dem einsamen Walde zuweilen der Zuhörer der kleinen Nachtigall war. Dieser Mann war der Prinz aus Ostenland, ihr Bräutigam, als sie noch Prinzessin war.

Der König, dieweil er noch lebte, hatte diesen Prinzen wegen seiner Tugend und Tapferkeit vor allen Männern geliebt und ihn auf seinem Todbette der Königin empfohlen als einen Rat und Helfer in allen schlimmen und gefährlichen Dingen, besonders als einen frommen und trefflichen Kriegsmann. Auch war er nach des Königs Tode bei der Königin geblieben bloß aus Liebe zu dem seligen Herrn. Doch ward er bald inne, daß die Königin ihn haßte, ja daß sie ihm nach dem Leben trachtete, und entwich daher plötzlich von ihrem Hofe und aus ihrem Lande. Sie aber ließ ihm nachsetzen als einem Verräter und Flüchtling und ließ einen Bann ausgehen, wodurch sie ihn für vogelfrei erklärte, daß jeder, wem es beliebte, ihn erschlagen und ihr seinen Kopf bringen mochte, worauf sie einen hohen Preis gesetzt hatte. Er entwich wieder in das Land seines Vaters, das viele hundert Meilen gegen Osten von dem Schlosse der Königin lag, und wohnte bei ihm. Aber im Herzen hatte er keine Ruhe noch Rast und die Trauer um die verschwundene Prinzessin wollte ihn nie verlassen. Ja das Wunder begab sich mit ihm, daß er alle Jahre einmal heimlich verschwand, ohne daß ein Mensch wußte, wohin. Er sattelte aber dann sein Roß und rüstete sich in unscheinbarer Rüstung, und ritt plötzlich davon, so daß niemand seinen Pfad kannte. Er mußte aber in das Land der Königin reiten, die ihn vogelfrei gemacht hatte, und jenen Wald besuchen, worin die Prinzessin verschwunden war. Dieser gewaltige Trieb kam ihm jedes Jahr kurz vor der Zeit, in welcher die Prinzessin verschwunden war, wo er durch wilde wüste und verborgene Orte traben mußte, bis er zu wohlbekannten Stätten gelangte, wo er einst mit seiner Braut gewandelt hatte. Und da war auch ihm die grüne dunkle Eiche am Bache die Lieblingsstelle. Da brachte er dann vierzehn Nächte in Tränen und Gebeten und Klagen um die Geliebte zu; die Tage aber verbarg er sich in dem entlegeneren Dickicht. Da hat er die kleine Nachtigall oft gesehen und gehört und sich ihres wundersamen und wunderlieblichen und fast übervögelischen Gesanges erquickt. Sie haben aber nichts weiter von einander gewußt. Doch hatte das Vögelchen immer eine große Sehnsucht im Herzen, wann der Ritter wieder geritten war, sie wußte aber nicht, warum; und auch ihm klang ihr tiefes und schmachtendes »Tiu! Tiut!« lange nach, wann er wieder in das Land seines Vaters ritt. Es ging ihm aber wie den meisten Menschen, die etwas Geheimes tun oder haben, worüber andere Leute sich viel die Köpfe zerbrechen, daß er um sein eignes Geheimnis nicht wußte. Denn daß er jedes Jahr einmal heimlich wegritt, das wußte er wohl; warum er aber reiten mußte, das wußte er nicht.

Und es waren manche Tage vergangen seit dem Tode des alten Königs und es ging in das sechste Jahr seit dem Verschwinden der Kinder, und die Königin lebte herrlich und in Freuden, und ließ die Tiere jagen und auf alle Vögel schießen, und war auch gegen ihre Untertanen nicht weniger hart, als gegen das Wild und Gefieder des Waldes. Sie deuchte sich fast allmächtig und meinte, ihr Glück und ihre Herrschaft könne kein Ende nehmen. Doch hatte sie seit jenem Tage den Wald nicht betreten um das Schloß und den Schloßgarten, sondern eine heimliche Furcht hatte sie davon zurückgehalten. Sie ließ sich aber nicht merken, was es war, und daß eine Hexenangst dahinter steckte. Nun begab es sich, daß sie einmal ein großes Fest und Gastmahl angestellt hatte, wozu alle Fürsten und Fürstinnen des Reichs und alle Großen des Landes und alle vornehmsten Diener und Dienerinnen geladen waren, und es war den Nachmittag eine große Wolfsjagd beschlossen in dem Forst, und die Fürsten baten sie, daß sie mitgehen möchte. Sie weigerte sich lange unter allerlei Vorwänden, endlich aber ließ sie sich bereden. Sie setzte sich aber auf einen hohen Wagen und hieß drei ihrer tapfersten Kriegsmänner sich wohlbewaffnet neben sich setzen; zugleich hieß sie viele Hundert gewaffnete und gerüstete Reisige vor, neben und hinter dem Wagen reiten, und eine lange Reihe Wagen voll Herren und Frauen folgten ihr nach. Und ihr war der Wolf immer im Herzen, doch dachte sie bei sich: laß den Wolf nur kommen, ja laß hundert Wölfe zugleich kommen, diese tapfere Schar wird ihnen wohl das Garaus machen. So verblendet Gott auch die Klügsten und Feinsten, wann sie zur Strafe reif sind; denn ihr war geweissagt worden von andern Meistern ihrer losen Kunst, sie solle sich vor dem sechsten Jahre in acht nehmen. Daran hatte sie heute nicht gedacht.

Und es war ein schöner heiterer Frühlingstag, und sie fuhren mit Trompeten und Posaunen in den Forst, und die Rosse wieherten und die Rüstungen klirrten und die gezückten Speere und Degen funkelten in der Sonne; die Königin aber funkelte am hellesten, mit ihren prächtigsten Kleidern und all ihrem Juwelenschmuck hoch im Wagen thronend. Und schon schallte ihnen die Jagd entgegen mit Hussa und Hurra und den schmetternden Hörnern der Jäger und den gellenden Stimmen der Hunde. Und es lief ein Löwe vorüber und ein Eber fuhr durch die Reihen; und sie erschracken nicht sondern hielten und standen ein jeglicher fest auf seinem Stand, und machten die Ungeheuer nieder. Aber nicht lange, und es ergab sich ein Schrecken, das ihnen zu mächtig war. Ein fürchterlicher Wolf fuhr aus dem Dickicht hervor auf einen grünen Anger, und heulte so gräßlich, daß Jäger, Hunde und Reiter vor ihm ausrissen. Der Wolf lief, wie man einen Pfeil vom Bogen schießt, nein er lief nicht sondern flog durch die Männer und Rosse dahin, und keiner dachte daran, daß er Bogen, Spieß und Eisen trug, so schrecklich war des Untiers Ansehen und so wütig bleckte er den funkelnden Rachen auf. Die Königin, die ihn auf ihren Wagen zuspringen sah, schrie »Hülfe! Hülfe!« die Weiber schrieen und fielen in Ohnmacht, viele Männer schrien auch wie die Memmen: Keiner wehrte dem Wolf, er sprang mit *einem* langen weiten Sprung auf den hohen Wagen, riß das stolze Weib herunter, und wusch sich Zähne und Rachen in ihrem Blute. Die andern waren alle geflohen oder standen und hielten von ferne.

Und o Wunder! als sie sich ermannen wollten und das Tier anfallen, sahen sie es nicht mehr, sondern, wo es eben noch gestanden hatte, erhob sich die Gestalt eines schönen und reisigen Jünglings. Die Männer staunten ob dem Zauber, doch zuckten einige die Waffen, als wenn sie ihn als ein zweites Ungetüm jagen und fällen wollten. Da sprang plötzlich ein Greis vor, der mit im Zuge war, der Kanzler des Reichs, und verbot es ihnen, und rief überlaut: »Bei meinem grauen Haar, Männer, haltet ein! Ihr wisset nicht, auf wen ihr stoßen wollet« – und, ehe sie sich besinnen konnten, lag er schon vor dem Jünglinge auf der Erde, und küßte ihm Kniee und Hände und rief: »Sei uns gegrüßt, du edle Blume eines edlen Vaters, die du wieder aufgegangen bist in deiner Schöne! und freue dich, o Volk, dein rechter Königssohn ist wieder gekommen, und dies ist jetzt dein König.« Und auf diese Worte liefen viele herzu und erkannten den Prinzen wieder und huldeten ihm als ihrem Herrn, und die übrigen taten desgleichen. Und alle waren zugleich voll Schrecken und Staunen und Freude, und dachten nicht mehr an die zerrissene Königin noch an den Wolf; denn daß er der Wolf gewesen, das wußten sie nicht.

Der junge König aber gebot allen, daß sie ihm nachfolgeten und mit ihm in das Schloß seines Vaters zögen; er hieß auch sogleich die Jagd stillen und die Hörner und Trompeten, welche eben noch den Wald und das Wild aufgeschreckt hatten, seinem fröhlichen Einzuge voranblasen. Und als er daheim war und von den Zinnen seiner Väter schauete, da traten ihm Tränen in die Augen und er weinte beides schmerzlich und fröhlich; denn er gedachte nun alles Jammers wieder und der zu schweren Vergangenheit, wo es wie ein dumpfer und tierischer Traum auf ihm gelegen hatte. Und nun ward es ihm plötzlich hell, und er konnte es dem Kanzler und den Vornehmsten melden, wie es mit ihm geschehen war und daß er nur durch das Herzblut der alten greulichen Hexe, die seine Stiefmutter und ihre Königin geheißen, wieder hatte verwandelt werden können. Und das Gerücht von diesem erstaunlichen Wunder ging alsbald in die ganze Stadt und unter alles Volk aus; und sie freueten sich, daß der geliebte Königssohn wiedergekommen und daß die Königin, welche alle hasseten, von Wolfszähnen, die sie selbst geschaffen, zerrissen war.

Aber als der Prinz sich nun allmählich wiedergefunden und über sich besonnen hatte, da fiel es ihm schwer auf das Herz, wo die königliche Prinzessin Aurora seine geliebte Schwester wohl sein möchte und ob sie auch noch wohl unter irgend einer Tierhaut oder Federdecke steckte; denn nun fiel ihm ihr trauriger Hochzeittag ein. Und er fragte und ließ fragen; aber alle schwiegen und keiner konnte von ihr etwas melden. Da ward der Prinz wieder sehr traurig und sorglich, aber Gott wandelte diese Traurigkeit auch bald in Freude.

Denn als dieser Jagd- und Wolfslärm im Walde tosete, steckte auch der arme traurende Prinz aus Ostenland grade in seinem Dickicht, und das kleine liebliche Nachtigallvögelchen hielt sich schweigend unter den grünen Blättern seiner Eiche verborgen. Es fuhr aber ein wunderbares Gefühl durch sein Herzchen, sobald der durstige Wolfszahn seines Bruders das Herzblut der alten Königin geschlürft hatte. Als nun die Jagd verschollen und der Wald still geworden und die Sonne niedergegangen war, da kam der Prinz aus seiner dunkeln Waldschlucht unter seine grüne Eiche und lehnte sich gar traurig an den Stamm und netzte das Gras mit seinen stummen Tränen, wie er alle Nächte pflag; und ihm deuchte viel wehmütiger um sein Herz zu sein als gewöhnlich. Das Vögelein in den Zweigen über ihm fing eben an zu singen nach seiner Gewohnheit; und es deuchte ihm auch, daß es gar anders sang als sonst, und viel bedeutsamer und rätselhafter und fast wie mit menschlicher Stimme. Und dem Manne kam ein Grausen an, und fast voll Angst rief er in die Zweige hinauf:

»Vögelein, Vögelein, sage mir, kannst du sprechen?«

Und das Nachtigallvögelein antwortete ihm mit Ja, wie Menschen zu antworten pflegen, und es verwunderte sich selbst, daß es sprechen konnte, und fing an vor Freuden darüber zu weinen, und schwieg lange. Darauf tat es sein Schnäbelchen wieder auf und erzählte dem Manne mit vernehmlicher menschlicher Stimme die ganze Geschichte von seiner Verwandelung und von seines Bruders Verwandelung, und durch welches Wunder er wieder ein Mensch geworden. Denn es war ihr nun alles in *einem* Augenblicke klar geworden, als hätte ein Geist es ihr zugeflüstert. Der Mann aber jauchzete in seiner Seele, als er ihre Rede hörte, und er sann viel in sich hin und her; und das Vögelchen spielte und flog zutraulich um ihn herum; doch wiewohl sie sich und alle Dinge so hell wieder erkannte und wußte, von ihm wußte sie nicht, wer er war. Und er lockte das Vögelchen und schmeichelte und kosete ihm schön, und bat, es solle mit ihm kommen, er wolle es in einen Garten setzen, wo ein ewiger Frühling blühe und nie ein Falke rausche noch ein Jäger tose; das sei doch viel lustiger, als so in wilden Hainen umzufliegen und vor dem Winter und vor Jägern und Raubvögeln und Schlingen zu zittern. Das Vögelein aber wollte davon nichts hören und lobte seine grüne Freiheit und seine grüne Eiche hier und schwätzte und flötete und spielte und flatterte um den Mann herum und hatte sein wenig acht, denn er gebärdete sich, als sei er in andern Gedanken.

Aber siehe, welche Gedanken er gehabt hat! Denn ehe das Vögelchen sich dessen versah, hatte der Mann es bei den Füßchen erfaßt und lief eilends davon, schwang sich auf sein Roß und flog im sausenden Galopp, als sei ein Sturmwind hinter ihm, einer Herberge zu, die er in der Stadt unweit des Schlosses kannte, und bestellte sich ein einsames Zimmer, worin er sich mit dem Vögelchen einsperrte. Das Vögelein, als es sah, wie er die Schlüssel herauszog und andere Zeichen eines Gefängnisses machte, fing an jämmerlich zu weinen und zu flehen, daß er es fliegen ließe; denn es deuchte ihm gar beklommen und angstvoll in dem verschlossenen Zimmer und es mußte an seine grünen Bäume und an die liebliche Freiheit denken. Aber der Mann machte sich aus dem Weinen und Flehen des Vögelchens nichts und wollte es nicht lassen. Da ward das Vögelein böse und fing an sich zu verwandeln, damit es den Mann erschreckte, daß er Türen und Fenster öffnete und froh wäre, wenn das Vögelein davon flöge. So machte es sich zu Tigern und Löwen, zu Ottern und Schlangen, zu Skorpionen und Taranteln, zuletzt zu einem scheußlichen Lindwurm, der sich um den Mann flocht und mit giftiger Zunge auf ihn fuhr. Aber das alles schreckte ihn nicht sondern er blieb fest auf seinem Sinn, und das Vögelein mußte alle seine Arbeit verlieren und wieder ein Vögelein werden.

Und der Mann stand in tiefen Gedanken, denn es fiel ihm etwas ein aus alten Märchen. Und er zog ein Messer aus der Tasche und schnitt sich ein Loch in den kleinen Finger der linken Hand, der immer das lebendigste Herzblut hat. Und es tröpfelte Blut heraus, und er nahm des Blutes und bestrich des Vögeleins Köpfchen und Leib damit. Und kaum hatte er das getan, so stand auch das Wunder fertig da. Das Vögelein ward in der Minute zu der allerschönsten Jungfrau, und der Prinz lag alsbald zu ihren Füßen und küßte ihr züchtig und ehrerbietig die Hände. Die Nachtigall war nun wieder Prinzessin Aurora geworden und erkannte in dem Manne ihren Bräutigam wieder, den Prinzen aus Ostenland. Sie war noch eben so jung und schön, als sie vor sechs Jahren zur Zeit der Verwandelung gewesen. Denn das ist den Verwandlungen eigen, daß die Jahre, die einer darin bleibt, ihn nicht älter machen, sondern tausend Jahre gelten da nicht mehr als eine Sekunde.

Man kann denken, wie diese beiden sich gefreut haben; denn wenn zwei verliebte Herzen, die einander treu geblieben, nach langer Zeit wieder zusammenkommen, das ist wohl die größte Freude auf Erden. Doch säumten sie nicht lange sondern ließen dem Könige ansagen, es seien zwei fremde Prinzen aus fernen Landen an seinen Hof gekommen und begehrten fürstliche Herberge. Und der König trat heraus, daß er sie bewillkommete, und erkannte seine liebe Schwester Aurora und seinen teuren Freund den Prinzen aus Ostenland, und freuete sich über die Maßen; und alles Volk freuete sich mit ihm, daß so alles wiedergekommen und das Reich nicht bei Fremden bleibe.

Und nach wenigen Tagen setzte er sich die königliche Krone auf und fing an zu regieren an seines Vaters Statt, seiner Schwester aber gab er eine überaus prächtige Hochzeit mit Tänzen und Festen und Ritterspielen; auch erhielt sie nebst ihrem Prinzen an Land und Leuten eine gar stattliche Abfindung, wovon sie fast wie Könige leben mochten. Die Prinzessin Aurora aber hatte ihren Bruder um den Wald gebeten, in welchem sie als Vögelein so manchen fröhlichen und auch so manchen traurigen Tag umhergepflogen war, und er hatte ihn ihr gern geschenkt. Sie baute sich daselbst ein stolzes königliches Schloß an dem Bache, wo sie so oft gesessen und gesungen hatte, und die grüne und dichte Eiche kam mitten in ihrem Schloßgarten zu stehen und hat noch manches Jahr nach ihr gegrünt, so daß ihre Urenkel noch darunter gespielt und sich beschattet haben. Sie aber ließ das Gebot ausgehen, es solle der Wald für ewige Zeiten stehen bleiben in seiner natürlichen Herrlichkeit; auch gab sie den kleinen Singvögelein den Frieden und verbot auf das allerstrengeste, in diesem heiligen Bezirke Schlingen und Fallen zu stellen und die Kleinen mit irgend einem Gewehr anzugreifen. Und ihr Bruder hat als ein großer und frommer König regiert, sie aber hat mit ihrem tapferen Gemahl bis in ein schneeweißes Alter in glücklicher Liebe gelebt und viele Kinder und Kindeskinder gesehen, bis sie endlich im Segen Gottes und der Menschen sanft entschlafen ist. Das hat auch gegolten seit ihrer Zeit unter ihren Kindern und Nachkommen, daß der älteste Prinz ihres Hauses immer Rossignol und die älteste Prinzessin immer Philomela getauft wurde. Sie wollte nämlich eine fromme Erinnerung stiften für alle Zeiten von dem wundersamen Unglück, das ihr widerfahren war, da sie in eine Nachtigall verwandelt worden. Denn diese Worte bedeuten in der Sprache ihres Landes, was zu teutsch Nachtigall genannt wird, und Rossignol heißt eigentlich Rosenvogel – denn die Nachtigallen singen meist zur Zeit der Rosen – und Philomela Liederfreundin; der teutsche Name Nachtigall heißt aber so viel als Nachtsängerin, und ist wohl der allerfeinste.

Prinzessin Svanvithe

Du hast wohl von der Sage gehört, daß hier bei Gartz*, wo jetzt der Wall über dem See ist, vor vielen tausend Jahren ein großes und schönes Heidenschloß gewesen ist mit herrlichen Häusern und Kirchen, worin sie ihre Götzen gehabt und angebetet haben. Dieses Schloß haben vor langer langer Zeit die Christen eingenommen, alle Heiden totgeschlagen und ihre Kirchen umgeworfen, und die Götzen, die darin standen, mit Feuer verbrannt; und nun ist nichts mehr übrig von all der großen Herrlichkeit als der alte Wall und einige Leuschen**, welche die Leute sich erzählen, besonders von dem Mann mit Helm und Panzer angetan, der auf dem weißen Schimmel oft über die Stadt und den See reitet. Einige, die ihn nächtlich gesehen haben, erzählen, es sei der alte König des Schlosses und er habe eine güldene Krone auf. Das ist aber alles nichts. Daß es aber um Weihnachten und Johannis in der Nacht aus dem See klingt, als wenn Glocken in den Kirchen geläutet werden, das ist wahr, und viele Leute haben es gehört, und auch mein Vater. Das ist eine Kirche, die in den See versunken ist, andere sagen, es ist der alte Götzentempel. Das glaub ich aber nicht; denn was sollten die Heiden an christlichen Festtagen läuten? Aber das Klingen und Läuten im See ist dir gar nichts gegen das, was im Wall vorgeht, und davon will ich dir eine Geschichte erzählen. Da sitzt eine wunderschöne Prinzessin mit zu Felde geschlagenen Haaren und weinenden Augen, und wartet auf den, der sie erlösen soll; und dies ist eine sehr traurige Geschichte.

In jener alten Zeit, als das Gartzer Heidenschloß von den Christen belagert ward und die drinnen in großen Nöten

* Kleines Städtchen in Rügen.
** Hübsches Wort für Märchen.

waren, weil sie sehr gedrängt wurden, als schon manche Türme niedergeworfen waren und sie auch nicht recht mehr zu leben hatten und die armen Leute in der Stadt hin und wieder schon vor Hunger starben, da war drinnen ein alter eisgrauer Mann, der Vater des Königs, der auf Rügen regierte. Dieser alte Mann war so alt, daß er nicht recht mehr hören und sehen konnte, aber es war doch seine Lust, unter dem Golde und unter den Edelsteinen und Diamanten zu kramen, welche er und seine Vorfahren im Reiche gesammelt hatten, und welche tief unter der Erde in einem schönen aus eitel Marmelsteinen und Krystallen gebauten Saale verwahrt wurden. Davon waren dort ganz große Haufen aufgeschüttet, viel größer, als die Roggen- und Gerstenhaufen, die auf deines Vaters Kornboden aufgeschüttet sind. Als nun das Schloß zu Gartz von den Christen in der Belagerung so geängstet ward und viele der tapfersten Männer und auch der König, des alten Mannes Sohn, in dem Streite auf den Wällen und vor den Toren der Stadt erschlagen waren, da wich der Alte nicht mehr aus der marmornen Kammer, sondern lag Tag und Nacht darin, und hatte die Türen und Treppen, die dahin führten, dicht vermauern lassen; er aber wußte noch einen kleinen heimlichen Gang, der unter der Erde weglief, viele hundert Stufen tiefer, als das Schloß, und jenseits des Sees einen Ausgang hatte, den kein Mensch wußte als er und wo er hinausschlüpfen und sich draußen bei den Menschen Speise und Trank kaufen konnte. Als nun das Schloß von den Christen erobert und zerstört ward und die Männer und Frauen im Schlosse getötet und alle Häuser und Kirchen verbrannt wurden, daß kein Stein auf dem andern blieb, da fielen die Türme und Mauern über einander, und die Türe der Goldkammer ward gar verschüttet, auch blieb kein Mensch lebendig, der wußte, wo der tote König seine Schätze gehabt hatte. Der alte König aber saß drunten bei seinen Haufen Goldes und hatte seinen heimlichen Gang offen, und hat noch viele hundert Jahre gelebt, nachdem das Schloß zerstört war; denn sie sagen, die Menschen, welche sich zu sehr an Silber und

Gold hängen, können vom Leben nicht erlöst werden und sterben nicht, wenn sie Gott auch noch so sehr um den Tod bitten. So lebte der alte eisgraue Mann noch viele viele Jahre und mußte sein Gold bewachen, bis er ganz dürr und trocken ward wie ein Totengerippe. Da ist er denn gestorben und auch zur Strafe verwandelt worden, und muß nun als ein schwarzer magerer Hund unter den Goldhaufen liegen und sie bewachen, wenn einer kommt und den Schatz holen will. Des Nachts aber zwischen zwölf und ein Uhr, wann die Gespensterstunde ist, muß er noch immer rund gehen, als ein altes graues Männlein, mit einer schwarzen Pudelmütze auf dem Kopf und einem weißen Stock in der Hand. So haben die Leute ihn oft gesehen im Gartzer Holze am Wege nach Poseritz; auch geht er zuweilen um den Kirchhof herum. Denn da sollen vor alters Heidengräber gewesen sein, und die Heiden haben immer viel Silber und Gold mit sich in die Erde genommen. Das will er holen, darum schleicht er dort, kann es aber nicht kriegen, denn er darf die geweihte Erde nicht berühren. Das ist aber seine Strafe, daß er so rundlaufen muß, wann andere Leute in den Betten und Gräbern schlafen, weil er so geizig gewesen ist.

Nun begab es sich lange nach diesen Tagen, daß in Bergen ein König von Rügen wohnte, der hatte eine wunderschöne Tochter, die hieß Svanvithe; und sie war die schönste Prinzessin weit und breit, und es kamen Könige und Fürsten und Prinzen aus allen Landen, die um die schöne Prinzessin warben. Und der König, ihr Herr Vater, wußte sich kaum zu lassen vor allen den Freiern, und hatte zuletzt nicht Häuser genug, daß er die Fremden herbergte, noch Ställe, wohin sie und ihre Knappen und Staller ihre Pferde zögen, auch gebrach es fast an Hafer im Lande und Raum für alle die Kutscher und Diener, die mit ihnen kamen, und war Rügen so voll von Menschen, als es nie gewesen seit jenen Tagen. Und der König wäre froh gewesen, wenn die Prinzessin sich einen Mann genommen hätte und die übrigen Freier weggereist wären. Das läßt sich aber bei Königen nicht so leicht machen, als bei andern Leuten; und muß da alles mit vieler Zierlichkeit und Langsamkeit hergehen. Die Prinzessin, nachdem sie wohl ein ganzes halbes Jahr in ihrer einsamen Kammer geblieben war und keinen Menschen gesehen, auch kein Sterbenswort gesagt hatte, fand endlich einen Prinzen, der ihr wohlgefiel und den sie gern zum Mann haben wollte, und der Prinz gefiel auch dem alten Könige, daß er ihn gern als Eidam wollte. Und sie hatten einander Ringe geschenkt und war große Freude im ganzen Lande, daß die schöne Svanvithe Hochzeit halten sollte, und hatten alle Schneider und Schuster die Fülle zu tun, die schönen Kleider und Schuhe zu machen, die zur Hochzeit getragen werden sollten. Der verlobte Prinz aber und Svanvithens Bräutigam hieß Herr Peter von Dänemarken, und war ein über die Maßen feiner und stattlicher Mann, daß seines Gleichen wenige gesehen wurden.

Da, als alles in lieblicher Hoffnung und Liebe grünete und blühete und die ganze Insel in Freuden stand und nur noch ein paar Tage bis zur Hochzeit waren, kam der Teufel und säete sein Unkraut aus, und die Lust ward in Traurigkeit verwandelt. Es war nämlich allda an des Königs Hofe auch ein Prinz aus Polen, ein hinterlistiger und schlechter Herr, sonst schön und ritterlich an Gestalt und Gebärde. Dieser hatte manches Jahr um die Prinzessin gefreit und sie geplagt Tag und Nacht; sie hatte aber immer nein gesagt, denn sie mochte ihn nicht leiden. Als dieser polnische Prinz nun sah, daß es wirklich eine Hochzeit werden sollte, und daß Herr Peter von Dänemarken zum Treuliebsten der schönen Svanvithe erkoren war, sann er in seinem bösen Herzen auf arge Tücke und wußte es durch seine Künste so zu stellen, daß der König und alle Menschen glaubten, Svanvithe sei keine züchtige Prinzessin und habe manche Nächte bei dem polnischen Prinzen geschlafen. Das glaubte auch Herr Peter, und reiste plötzlich weg; und der polnische Prinz war zuerst weggereist, und alle Könige und Prinzen reisten weg. Und das Schloß des Königs in Bergen stand wüst und leer da, und alle Freude war mit weggezogen und alle Geiger und Pfeifer und alles Saitenspiel, die sich auf Turniere und Feste gerüstet hatten. Und die Schande der armen Prinzessin klang über das ganze Land, ja in Schweden und Dänemark und Polen hörten sie es, wie die Hochzeit sich zerschlagen hatte. Sie aber war gewiß unschuldig und rein wie ein Kind, das aus dem Mutterleibe kommt, und war es nichts als die greuliche Bosheit des verruchten polnischen Prinzen, den sie als Freier verschmäht hatte.

So ging es der armen Svanvithe, und der König, ihr Vater, war einige Tage nach diesen Geschichten wie von Sinnen und wußte nicht von sich, und ihm war so zu Mute, daß er sich hätte ein Leid antun können von wegen seiner Tochter und von wegen des Schimpfes, den sie auf das ganze königliche Haus gebracht hatte. Und als er sich besann und wieder zu sich kam und die ganze Schande bedachte, worein er geraten war durch seine Tochter, da ergrimmte er in seinem Herzen, und er ließ die schöne Svanvithe holen und schlug sie hart und zerraufte ihr Haar, und stieß sie dann von sich, und befahl seinen Dienern, daß sie sie hinausführten in ein verborgenes Gemach, daß seine Augen sie nimmer wieder sähen. Darauf ließ er in einem mit dichten Mauern eingeschlossenen und mit dunkeln Bäumen beschatteten Garten hinter seinem Schlosse einen düstern Turm bauen, wo weder Sonne noch Mond hinein schien, da sperrte er die Prinzessin ein. Der Turm, den er hatte bauen lassen, war aber sehr fest und dicht und hatte nur ein einziges kleines Loch in der Türe, wodurch ein wenig Licht hineinfiel und wodurch der Prinzessin die Speise gereicht ward. Es war auch weder Bett noch Tisch oder Bank in dem traurigen Gefängnis, sondern auf harter Erde mußte die liegen, die sonst auf Sammet und Seiden geschlafen hatte, und barfuß mußte die gehen, die sonst in goldenen Schuhen geprangt hatte. Und Svanvithe hätte sterben müssen vor Jammer, wenn sie nicht gewußt hätte, daß sie unschuldig war, und wenn sie nicht zu Gott hätte beten können. Sie aber war ein sehr junges Kind, als sie eingesperrt ward, erst sechzehn Jahre alt, schön wie eine Rose und schlank wie eine Lilie, und die Menschen, die sie lieb hatten, nannten sie nicht anders als des Königs Lilienstengelein. Und dieses süße Lilienstengelein sollte jämmerlich verwelken in der kalten und einsamen Finsternis.

Und sie hatte wohl drei Jahre so gesessen zwischen den kalten Steinen, und auch der alte König war nicht mehr froh gewesen seit jenem Tage, als der polnische Prinz sie in die große Schande gebracht hatte, sondern sein Kopf war schneeweiß geworden vor Gram, wie der Kopf einer Taube; aber vor den Leuten gebärdete er sich stolz und aufgerichtet und tat, als wenn seine Tochter tot und lange begraben wäre. Sie aber saß von der Welt ungewußt in ihrem Elende und tröstete sich allein Gottes und dachte, daß er ihre Unschuld wohl einmal an den Tag bringen würde. Weil sie aber in ihren einsamen Trauerstunden Zeit genug hatte, hin und her zu denken, so fiel ihr die Sage ein von dem Königsschatze unter dem Gartzer Walle, die sie in ihrer Kindheit oft gehört hatte, und sie gedachte damit ihre Unschuld und daß der polnische Prinz sie unter einem falschen Schein schändlich belogen hatte, sonnenklar zu beweisen. Und als darauf ihr Wächter kam und ihr die Speise durch das Loch reichte, sprach sie zu ihm: »Lieber Wächter, gehe zu dem Könige, meinem und deinem Herrn, und sage ihm, daß seine arme einzige Tochter ihn nur noch ein einziges Mal zu sehen und zu sprechen wünscht in ihrem Leben, und daß er ihr diese letzte Gunst nicht versagen mag.«

Und der Wächter sagte ja und lief, und dachte bei sich: wenn der alte König ihre Bitte nur erhört! Denn es jammerte ihn die arme Prinzessin unaussprechlich, und sie jammerte alle Menschen; denn sie war immer sehr freundlich gewesen gegen jedermann, auch hatten die meisten von Anfang an geglaubt, daß sie fälschlich verklagt war, und daß der polnische Prinz einen argen Lügenschein auf sie gebracht hatte; denn sie hatte sich immer aller Zucht und Jungfräulichkeit beflissen vor jedermann.

Und als der Wächter vor den König trat und ihm die Bitte

der Prinzessin anbrachte, da ward der alte Herr sehr zornig und schalt ihn und drohte ihm, ihn selbst in den Turm zu werfen, wenn er den Namen der Prinzessin vor ihm je wieder über seine Lippen laufen lasse. Und der erschrockene Wächter ging weg. Der König aber legte sich hin und schlief ein. Da soll er einen wunderbaren Traum gehabt haben, den kein Mensch zu deuten verstanden hat, und er ist früh erwacht und sehr unruhig gewesen und hat viel an seine Tochter denken müssen, bis er zuletzt befohlen hat, daß man sie aus dem Turm heraufbrächte und vor ihn führte.

Als Svanvithe nun vor den König trat, war sie bleich und mager, auch waren ihre Kleider und Schuhe schon abgerissen, und sie stand fast nackt und barfuß da und sah einer Bettlertochter ähnlicher, als einer Königstochter. Und der alte König ist bei ihrem Anblick blaß geworden vor Jammer wie der Kalk an der Wand, aber sonst hat er sich nichts merken lassen. Und Svanvithe hat sich vor ihm verneigt und also zu ihm gesprochen:

»Mein König und Herr. Ich erscheine nur als eine arme Sünderin vor dir, als eine, die an der göttlichen Gnade und an dem Lichte des Himmels kein Recht mehr hat. Also hast du mich von deinem Angesicht verstoßen und von allem Lebendigen weggesperrt. Ich beteure aber vor dir und vor Gott, daß ich unschuldig leide, und daß der polnische Prinz aus eitel Tücke und Arglist all den schlimmen Schein auf mich gebracht hat. Und nun hat Gott, der sich mein erbarmen will, mir einen Gedanken ins Herz gegeben, wodurch ich meine unbefleckte Jungfrauschaft beweisen und dich und mich und dein ganzes Reich zu Reichtum und Ehren bringen kann. Du weißt, es geht die Sage, unter dem alten Schloßwalle zu Gartz, wo unsere heidnischen Ahnen weiland gewohnt haben, liege ein reicher Schatz vergraben. Diese Sage, die mir in meiner Kindheit oft erzählt ist, meldet ferner, dieser Schatz könne nur von einer Prinzessin gehoben werden, die von jenen alten Königen herstamme und noch eine reine Jungfrau sei: wenn nämlich diese den Mut habe, in der Johannisnacht zwischen zwölf und ein Uhr nackt und einsam diesen Wall zu ersteigen und darauf rückwärts solange hin und her zu treten, bis es ihr gelinge, die Stelle zu treffen, wo die Tore und Treppen verschüttet sind, die zu der Schatzkammer hinab führen. Sobald sie diese mit ihren Füßen berühre, werde es sich unter ihr öffnen und sie werde sanft heruntersinken mitten in das Gold und könne sich von den Herrlichkeiten dann auslesen, was sie wolle, und bei Sonnenaufgang wieder herausgehen. Was sie aber nicht tragen könne, werde der alte Geist, der den Schatz bewacht, nebst seinen Gehülfen nachtragen. Hierauf habe ich nun meine Hoffnung eines neuen Glückes gestellt, ob es mir etwa aufblühen wolle; laß mich denn, Herr König, mit Gott diese Probe machen. Ich bin ja doch einer Toten gleich, und ob ich hier begraben bin oder dort begraben werde, kann dir einerlei sein.«

Sie hatte die Gebärde, als wolle sie noch mehr sagen, aber bei diesen Worten stockte sie und konnte nicht mehr, sondern schluchzte und weinte bitterlich. Der König aber winkte dem Wächter leise zu, der sie herein geführt hatte, und alsbald kamen Frauen und Dienerinnen herbei und trugen sie heraus von dem Könige weg in ein Seitengemach. Und nicht lange, so ward der Wächter wieder zu dem Könige gerufen, und er brachte ihr Speise und Trank, daß sie sich stärkte und erquickte, und zugleich die Botschaft, daß der König ihr die gebetene mitternächtliche Fahrt erlaube. Bald trugen Dienerinnen ihr ein Bad herein nebst zierlichen Kleidern, daß sie sich bedecken konnte, denn sie war fast nackend. Und sie lebte nun wieder wie in Freuden, obgleich sie ganz einsam saß und gegen niemand den Mund auftat – auch den Dienern und Dienerinnen war das Sprechen zu ihr verboten, sie wußten auch nicht, wer sie war noch wie sie in das Schloß gekommen: denn von denen, die sie kannten, ward niemand zu ihr gelassen, denn allein der Wächter, der ihr immer die Speise gebracht hatte im Turme. Und ihre Schöne fing wieder an aufzublühen, wie blaß und elend sie auch aus dem Turm gekommen war; und alle, die sie sahen, entsetzten sich über ihre Huld und Lieblichkeit, und sie deuchte ihnen fast einem Engel gleich, der vom Himmel in das Schloß gekommen sei.

Und als vierzig Tage vergangen waren und der Tag vor Johannis da war, da ging sie zu dem Könige ihrem Vater ins Gemach und sagte ihm Lebewohl. Und der alte Herr neigte noch einmal wieder seinen weißen Kopf über sie und weinte sehr; und sie sank vor ihm hin und umfaßte seine Kniee und weinte noch mehr. Und darauf ging sie hinaus und verkleidete sich so, daß niemand sie für eine Prinzessin gehalten hätte, und trat ihre Reise an. Die Reise war aber nicht weit von Bergen nach Gartz, und sie ging in der Tracht eines Reiterbuben einher. Und in der Nacht, als es vom Gartzer Kirchturm zwölf geschlagen hatte, betrat sie einsam den Wall, tat ihre Kleider von sich, also daß sie da stand, wie Gott sie erschaffen hatte, und nahm eine Johannisrute in die Hand, womit sie hinter sich schlug. Und so tappte sie stumm und rücklings fort, wie es geschehen mußte. Und nicht lange war sie geschritten, so tat sich die Erde unter ihren Füßen auf, und sie fiel sanft hinunter, und es war ihr, als würde sie in einem Traum hinabgewiegt; und sie fiel hinab in ein gar großes und schönes und von tausend Lichtern und Lampen erleuchtetes Gemach, dessen Wände von Marmor und diamantenen Spiegeln blitzten und dessen Boden ganz mit Gold und Silber und Edelsteinen beschüttet war, daß man kaum darauf gehen konnte. Sie aber sank so weich auf einen Goldhaufen herab, daß es ihr gar nicht weh tat. Und sie besah sich alle die blitzende Herrlichkeit in dem weiten Saale, wo die Schätze und Kostbarkeiten ihrer Ahnherren von vielen Jahrhunderten gesammelt und aufgehängt waren; und da sah sie in der hintersten Ecke in einem goldenen Lehnstuhl das kleine graue Männchen sitzen, das ihr freundlich zunickte, als wolle es mit der Urenkelin sprechen. Sie aber sprach kein Wort zu ihm, sondern winkte ihm nur leise mit der Hand. Und auf ihren Wink hob der Geist sich hinweg und verschwand, und statt seiner kam eine lange Schar prächtig gekleideter Diener und Dienerinnen, welche sich in stummer Ehrfurcht hinter sie stellten, als erwarteten sie, was die Herrin befehlen würde. Svanvithe aber säumte nicht lange, bedenkend, wie kurz die Mittsommersnacht ist, und sie nahm die Fülle der Edelsteine und Diamanten und winkte den Dienern und Dienerinnen hinter ihr, daß sie eben so täten; und auch diese füllten Hände und Taschen und Zipfel und Geren der Kleider mit Gold und edlen Steinen und kostbaren Geschirren. Und noch ein Wink, und die lange Reihe wandelte, und die Prinzessin schritt voran der Treppe zu, als wenn sie herausgehen wollte; jene aber folgten ihr. Und schon hatte sie viele Stufen vollendet und sah schon das dämmernde Morgenlicht und hörte schon den Lerchengesang und den Hahnenkrei, die den Tag verkündeten – da ward es ihr bange, ob die Diener und Dienerinnen ihr auch nachträten mit den Schätzen. Und sie sah sich um, und was erblickte sie? Sie sah den kleinen grauen Mann sich plötzlich in einen großen schwarzen Hund verwandeln, der mit feurigem Rachen und funkelnden Augen gegen sie hinaufsprang. Und sie entsetzte sich sehr und rief: »O Herr Je!« Und als sie das Wort ausgeschrieen hatte, da schlug die Türe über ihr mit lautem Knalle zu und die Treppe versank und die Diener und Dienerinnen verschwanden und alle Lichter des Saales erloschen, und sie war wieder unten am Boden und konnte nicht heraus. Der alte König aber, da sie nicht wieder kam, grämte sich sehr; denn er dachte, sie sei entweder umgekommen bei dem Hinabsteigen zu dem Schatze durch die Tücke der bösen Geister, die unter der Erde ihre Gewalt haben, oder sie habe sich der Sache überhaupt nicht unterstanden und laufe nun wie eine arme verlassene Streunerin durch die Welt. Und er lebte nur noch wenige Wochen nach ihrem Verschwinden, dann starb er und ward begraben.

Der Prinzessin Svanvithe war dieses Unglück aber geschehen, weil sie sich umgesehen hatte, als sie weggehen wollte, und weil sie gesprochen hatte. Denn über die Unterirdischen hat man keine Gewalt, wenn man sich umsieht oder spricht, sondern es gerät dann fast immer unglücklich; wovon man viele Beispiele und Geschichten weiß.

Und es waren viele Jahre vergangen, vielleicht hundert Jahre und mehr, und alle die Menschen waren gestorben und begraben, welche zu der Zeit des alten Königs und der schönen Svanvithe gelebt hatten, und schon ward hie und da von ihnen erzählt wie von einem alten alten längst verschollenen Märchen; da hörte man hin und wieder, die Prinzessin lebe noch und sitze unter dem Gartzer Wall in der Schatzkammer und müsse nun mit dem alten grauen Urgroßvater die Schätze hüten helfen. Und kein Mensch weiß zu sagen, wie dies hier oben bekannt geworden ist. Vielleicht hat der kleine graue Mann, der zu Zeiten rund geht, es einem verraten, oder es hat es auch einer der hellsichtigen Menschen gesehen, die an hohen Festtagen in besonderen Stunden geboren sind und die das Gras und das Gold in der Erde wachsen sehen und mit ihren Augen durch die dicksten Berge und Mauern dringen können. Und es war viel erschollen von dieser Geschichte und von dem wundersamen Versinken der Prinzessin unter die Erde, und daß sie in der dunkeln Kammer sitze und noch lebe und einmal erlöst werden solle. Sie kann aber, sagen sie, erlöst werden, wenn einer es wagt, auf dieselbe Weise, wie sie einst in der Johannisnacht getan hat, in die verbotene Schatzkammer hinabzufallen. Dieser muß sich dann dreimal vor ihr verneigen, ihr einen Kuß geben, sie an die Hand fassen und sie still herausführen; denn kein Wort darf er bei Leibe nicht sprechen. Wer sie herausbringt, der wird mit ihr in Herrlichkeit und in Freuden leben und so viele Schätze haben, daß er sich ein Königreich kaufen kann. Darin wird er dann fünfzig Jahre als König auf dem Throne sitzen und sie als seine Königin neben ihm, und werden gar liebliche Kinder zeugen; der kleine graue Spuk wird dann aber auf immer verschwinden, wann sie ihm die Schätze weggehoben haben. Nun hat es wohl so kühne und verwegene Prinzen und schöne Knaben gegeben, die mit der Johannisrute in der Hand zu ihr hinabgekommen sind; aber sie haben es immer in etwas versehen, und die Prinzessin ist noch nicht erlöst. Ja, wenn das ein so leichtes Ding wäre, wie viele würden Lust haben, eine so schöne Prinzessin zu freien und Könige zu werden! Die Leute erzählen aber, der greuliche schwarze Hund ist an allem schuld; keiner hat es mit ihm aushalten können, sondern wenn sie ihn sehen, so müssen sie aufschreien, und dann schlägt die Türe zu und die Treppe versinkt, und alles ist wieder vorbei.

So sitzt denn die arme Svanvithe da in aller ihrer Unschuld, und muß da unten frieren und das kalte Gold hüten, und Gott weiß, wann sie erlöst werden wird. Sie sitzt da über Goldhaufen gebeugt; ihr langes Haar hängt ihr über die Schultern herab, und sie weint unaufhörlich. Schon sitzen sechs junge Gesellen um sie herum, die auch mithüten müssen. Das sind die, denen die Erlösung nicht gelungen ist. Wem es aber gelingt, der heiratet die Prinzessin und bekommt den ganzen Schatz und befreit zugleich die andern armen Gefangenen. Sie sagen, der letzte ist vor zwanzig Jahren darin versunken, ein Schuhmachergesell, der Jochim Fritz hieß. Das war ein junges schönes Blut und ging immer viel auf dem Wall spazieren. Der ist mit einem Male verschwunden, und keiner hat gewußt, wo er gestoben und geflogen war, und seine Eltern und Freunde haben ihn in der ganzen Welt suchen lassen, aber nicht gefunden! Er mag nun auch wohl da sitzen bei den andern.

Geschichte von den sieben bunten Mäusen

Vor langer langer Zeit wohnte in Pudmin* ein Bauer, der hatte eine schöne und fromme Frau, die fleißig betete, und alle Sonntage und Festtage zur Kirche ging, auch den Armen, die vor ihre Türe kamen, gern gab. Es war überhaupt eine freundliche und mitleidige Seele und im ganzen Dorfe und Kirchspiele von allen Leuten geliebt. Nie hat man ein hartes Wort von ihr gehört, noch ist ein Fluch und Schwur oder andere Ungebühr je aus ihrem Munde gegangen. Diese Frau hatte sieben Kinder, lauter kleine Dirnen, von welchen die älteste zwölf und die jüngste zwei Jahre alt war: hübsche, lustige Dingelchen. Diese gingen alle übereins gekleidet, mit bunten Röckchen und bunten Schürzen und roten Mützchen, Schuhe aber und Strümpfe hatten sie nicht an, denn das hätte zu viel gekostet, sondern gingen barfuß. Die Mutter hielt sie nett und reinlich, wusch und kämmte sie morgens früh und abends spät, wann sie aufstanden und zu Bett gingen, lehrte sie lesen und singen, und erzog sie in aller Freundlichkeit und Gottesfurcht. Wann sie auf dem Felde was zu tun hatte oder weit ausgehen mußte, stellte sie die älteste, welche Barbara hieß, über die andern; diese mußte auf sie sehen, ihnen was erzählen, auch wohl etwas vorlesen. Nun begab es sich einmal, daß ein hoher Festtag war – ich glaube, es war der Karfreitag – da ging die Bauerfrau mit ihrem Manne zur Kirche, und sagte den Kindern, sie sollten hübsch artig sein, der Barbara aber und den nächst älteren gab sie ein paar Lieder auf aus dem Gesangbuche, die sie auswendig lernen sollten. So ging sie weg. Barbara und die andern Kinder waren

* Ein Dorf auf Rügen im Swantower Kirchspiele.

anfangs auch recht artig, die älteren nahmen die Bücher und lasen, und die kleinsten saßen still auf dem Boden und spielten. Als sie so saßen, da erblickte das eine Kind etwas hinter dem Ofen und rief: »O seht! seht! was ist das für ein schöner und weißer Beutel!« Es war aber ein Beutel mit Nüssen und Äpfeln, den die Mutter des Morgens da hingehängt hatte und den sie des Nachmittags einem ihrer kleinen Paten bringen wollte. Die meisten Kinder sprangen nun alsbald auf und kuckten darnach, und auch Barbara die älteste stand auf und kuckte mit. Und die Kinder flüsterten und sprachen dies und das über den schönen Beutel und was wohl darin sein möchte. Und es gelüstete sie so sehr, es zu wissen; und da riß eines den Beutel von dem Nagel, und Barbara öffnete die Schnur, womit er zugebunden war, und es fielen Äpfel und Nüsse heraus. Und als die Kinder die Äpfel und Nüsse auf dem Boden hinrollen sahen, vergaßen sie alles und daß es Festtag war und was die Mutter ihnen befohlen und aufgegeben hatte; sie setzten sich hin und schmausten Äpfel und knackten Nüsse und aßen alles rein auf. Als nun Vater und Mutter um den Mittag aus der Kirche zu Hause kamen, sah die Mutter die Nußschalen auf dem Boden liegen, und sie schaute nach dem Beutel und fand ihn nicht. Da erzürnte sie sich und ward böse zum ersten Male in ihrem Leben, und schalt die Kinder sehr und rief: »Der Blitz! ich wollte, daß ihr Mausemärten* alle zu Mäusen würdet!« Der Schwur war aber eine große Sünde, besonders weil es ein so heiliger und hoher Festtag war; sonst hätte Gott es der Bäuerin wohl vergeben, weil sie doch so fromm und gottesfürchtig war. Kaum hatte die Frau das schlimme Wort aus ihrem Munde gehen lassen, so waren alle die sieben niedlichen Kinderchen weg, als hätte sie ein Wind weggeblasen, und sieben bunte Mäuse liefen in der Stube herum, mit roten Köpfchen, wie die Röcke und Mützen der Kinder gewesen waren. Und Vater und Mutter erschraken so sehr, daß sie hätten zu Stein werden mögen. Da kam der

* Mausmarten: ein kleiner Dieb, Mauser.

Knecht herein und öffnete die Türe, und die sieben bunten Mäuse liefen alle zugleich hinaus, und über die Flur auf den Hof hin; sie liefen aber sehr geschwind. Und als die Frau das sah, konnte sie sich nicht halten, denn es war ihr im Herzen, als wären die Mäuse ihre Kinder gewesen; und sie stürzte sich aus der Türe heraus und mußte den Mäusen nachlaufen.

Die sieben bunten Mäuse aber liefen den Weg entlang aus dem Dorfe heraus, immer sporenstreichs; und so liefen sie über das Pudminer Feld und das Günzer Feld und das Schoritzer Feld und durch die Krewe* und die Dumsewitzer Koppel. Und die Mutter lief ihnen außer Atem nach, und konnte weder schreien noch weinen, und wußte nicht mehr, was sie tat. So liefen die Mäuse über das Dumsewitzer Feld hin, und in einen kleinen Busch hinein, wo einige hohe Eichen standen und in der Mitte ein spiegelheller Teich war. Und der Busch steht noch da mit seinen Eichen, und heißt der Mäusewinkel. Und als sie in den Busch kamen und an den Teich im Busche, da standen sie alle sieben still und kuckten sich um, und die Bauerfrau stand dicht bei ihnen. Es war aber, als wenn sie ihr Adje sagen wollten. Denn als sie die Frau so ein Weilchen angekuckt hatten, plump! und alle sieben sprangen zugleich ins Wasser, und schwammen nicht, sondern gingen gleich unter in der Tiefe. Es war aber der helle Mittag, als dies geschah. Und die Mutter blieb stehen, wo sie stand, und rührte keine Hand und keinen Fuß mehr, sie war auch kein Mensch mehr. Sie ward stracks zu einem Stein, und der Stein liegt noch da, wo sie stand und die Mäuslein verschwinden sah; und das ist dieser große runde Stein, an welchem wir sitzen. Und nun höre mal, was nach diesem geschehen ist und noch alle Nacht geschieht. Glocke zwölf, wann alles schläft und still ist und die Geister rundwandeln, da kommen die sieben bunten Mäuse aus dem Wasser heraus, und tanzen eine ganze ausgeschlagene Stunde, bis es eins schlägt, um den Stein herum. Und sie sagen, dann klingt der Stein, als wenn er spre-

* Ein kleiner Wald.

chen könnte. Und das ist die einzige Zeit, wo die Kinder und die Mutter sich verstehen können und von einander wissen; die übrige Zeit sind sie wie tot. Dann singen die Mäuse einen Gesang, den ich dir sagen will, und der bedeutet ihre Veränderung, oder daß sie wieder in Menschen verwandelt werden können. Und dies ist der Gesang*:

Herut! herut!
Du junge Brut!
Din Brüdegam schall kamen;
Se hebben di
Doch gar to früh
Din junges Leben namen.

Sitt de recht up'n Steen,
Watt he Flesch un Been,
Und wi gan mit dem Kranze:
Säven Junggesell'n
Uns führen schäl'n
Juchhe! to'm Hochtidsdanze.

Und nun will ich dir sagen von dem Gesange, was er bedeutet. Die Mäuse tanzen nun wohl schon tausend Jahre und länger um den Stein, wann es die Mitternacht ist, und der Stein liegt eben so lange. Es geht aber die Sage, daß sie einmal wieder verwandelt werden sollen, und das kann durch Gottes Gnade nur auf folgende Weise geschehen:

Es muß eine Frau sein gerade so alt, als die Bäuerin war, da sie aus der Kirche kam, und diese muß sieben Söhne haben gerade so alt, als die sieben kleinen Mädchen waren. Sind sie eine Minute älter oder jünger, so geht es nicht mehr. Diese Frau muß an einem Karfreitag grade um die Mittagszeit, als die Frau zu Stein ward, mit ihren sieben Söhnen in den Busch kommen und sich auf den Stein setzen. Und wenn sie sich auf den Stein setzt, so wird der Stein lebendig und wird wieder in

* Die Erzählung war im ehrlichen Plattdeutsch.

einen Menschen verwandelt, und dann steht die Bauerfrau wieder da, leibhaftig und in eben den Kleidern, die sie getragen, als sie den Mäusen nachgelaufen zu diesem Mausewinkel. Und die sieben bunten Mäuse werden wieder zu sieben kleinen Mädchen in bunten Röcken und mit roten Mützen auf dem Kopf. Und jedes kleine Mädchen geht zu dem kleinen Knaben hin, der sein Alter hat, und sie werden Braut und Bräutigam. Und wann sie groß werden, so halten sie Hochzeit an *einem* Tage und tanzen ihre Kränze ab. Und es sollen die schönsten Jungfrauen werden auf der ganzen Insel, sagen die Leute, und auch die glücklichsten und reichsten, denn alle diese Güter und Höfe hier umher sollen ihnen gehören. Aber ach du lieber Gott! wann werden sie verwandelt werden?

Schneeflöckchen

Schneeflöckchen war eine arme verwandelte Prinzessin, die in der Welt umherflog und Liebe suchte. Sie war ein wunderschönes Kind, schneeweiß und lieblich von Farbe mit himmelblauen Äuglein und blonden Löckchen, und ihr Vater war ein sehr mächtiger König in Indien. Als sie sechs Jahre alt war, da starb ihre Mutter und sie bekam eine böse Stiefmutter. Diese gebar dem Könige auch zwei Töchter, aber die waren häßlich wie Krähen und Schneeflöckchen blühete nur noch anmutiger, wenn sie neben diesen beiden stand. Dies ärgerte die Königin, die eine böse Hexe war, und sie sann auf allerlei Tücken, wie sie das schöne Kind verderben könnte, das nun schon zwölf Jahre alt war. Sie mußte sich aber vor dem Könige in acht nehmen, denn er liebte Schneeflöckchen mehr als sein Leben. Gern hätte sie das Kind durch Gift oder Eisen weggeschafft, aber das deuchte ihr zu gefährlich und konnte verraten werden, sie meinte es also sicherer durch Hexerei zu verderben. Und eines Tages, als sie es wusch und ihm ein reines Hemdchen anzog, da schmierte sie es mit einer Salbe ein, sprang dann sehr lebendig um das Kindchen herum und streichelte und herzte es, ward darauf plötzlich zu einer schwarzen Füchsin und beleckte das Kind, das erschrocken da stand, mit ihrer geschwinden Zunge, und murmelte die Worte:

Schneeflöckchen flieg hin!
Fliege durch die Welt hin!
Heute kalt und morgen warm!
Schlaf in keines Mannes Arm,
Der nicht in das fünfte Jahr
Treu dir ohne Wandel war.

Und in demselben Augenblicke, als sie von der Füchsin geleckt worden und die Worte über sie hingemurmelt waren,

ward die hübsche kleine Prinzessin zum Schneeflöckchen. Und die alte Hexe öffnete das Fenster und ließ sie hinausfliegen. Es war aber ein kalter Wintertag, als dies geschah, und die böse Stiefmutter rief ihr höhnend nach: »Fliege nun und friere bis in Ewigkeit! eher mag ich wieder jung werden wie du, als du einen Mann findest, der einem Schneeflöckchen fünf Jahre bis in die innersten Gedanken treu bleibt.«

Und die süße kleine Prinzessin Schneeflöckchen flog mit den andern Schneeflocken im kalten Winde umher und fror und zitterte und wimmerte wie die andern. Es fühlte aber, warum es trauerte, denn es hatte die allersüßeste und allerwärmste Seele behalten, obgleich es so jämmerlich verwandelt war, und mußte auch als Schneeflöckchen durch die weite wüste Welt nach Liebe umherfliegen. Da war ihr denn das Traurigste, wenn sie je einmal auf ein hübsches Gesichtchen flog oder an eine schöne Brust sich schmiegte oder auf ein warmes Händchen sich hinabsenkte, daß sie unfreundlich weggeblasen und abgeschüttelt ward, als habe sie nur unangenehmen Frost gebracht, wie alle anderen Schneeflocken. So mußte sie immer wieder in die Welt hinein, wann sie gehofft hatte, sich einmal in Liebe auszuruhen, und flog den langen traurigen Winter umher und lag den gefrornen Bergen und den Steinen und den eisigen Seen an der kalten Brust und weinte und ächzete um Liebe, die sie nirgends fand. Und als es warm ward und die ersten Blümchen ihre Köpfchen aufrichteten und die ersten Vögelein wieder sangen, da durfte sie nicht bleiben an der schönen Sonne sondern mußte in die Dunkelheit; denn der Winter fing sie ein mit den andern Schneeflocken und sperrte sie alle in den Tiefen und Höhlen der alten Berge ein, daß sie da lägen, bis er wieder auf die Erde emporkäme.

Da lag nun Schneeflöckchen den schönen Frühling und den warmen Sommer und Herbst und verlebte ihre Stunden in Sehnsucht und Traurigkeit: in Sehnsucht, denn alle Erinnerungen waren in ihrem dünnen Schneeleibchen geblieben: in Traurigkeit, denn sie zweifelte, ob sie jemals Liebe finden würde. Da hat sie manche wehmütige Töne geflüstert und manches traurige Liedlein geächzt, die allein die stummen Felswände gehört haben. Also klang eines der Liedlein, das sie oft schmerzenvoll sang und das ein tiefer Durchklang ihres Schicksals zu sein schien:

Geister in den dunklen Höhlen,
Geister in der tiefen Nacht,
Habt ihr Liebe, habt ihr Seelen,
Gebt auf meine Klagen acht,
Die ich seufze, die ich weine
In der stummen Einsamkeit,
Ferne von dem Sonnenscheine,
Von des Lebens Lieblichkeit.

Aus der süßen Welt verstoßen,
Welche warme Herzen hat,
Mit den Stürmen mit den Schloßen
Flieg ich schaurig meinen Pfad;
Zitternd vor den leichten Winden,
Vor der Lüfte Wankelmut,
Kann ich nirgends Ruhe finden,
Ach! ich armes junges Blut!

Und mein Seelchen voll von Liebe
Saus ich durch die öde Welt,
Welche meine schönsten Triebe
Nur für Winterlügen hält,
Muß dem Stein am Busen frieren
Und dem starren harten Eis,
Das sich wohl mit Glanz zu zieren,
Aber nicht zu lieben weiß.

Und so kann ich einsam fliegen
Durch die lange Ewigkeit,
Und dies Herz wird nie sich schmiegen
An ein Herz voll Zärtlichkeit;
Wie ich brenne, wie ich glühe,

Keine Seele glaubt es je,
Wenn ich gleich von Flammen sprühe,
Heiß ich doch der kalte Schnee.

O wo lebt das holde Wesen,
Wenn ihr's wißt, so sagt mir's an,
Welches diesen Zauber lösen,
Diese Liebe kühlen kann?
O wo lebt die seltne Treue,
Welche Stahl und Eisen schmelzt
Und für mich ein kühner Leue
Sich durch Feur und Strudel wälzt?

Ach! ihr Elfen! ach! ihr Zwerge!
Was verkünd ich euch die Pein?
Ihr seid hart wie eure Berge,
Ihr seid kalt wie euer Stein.
Denn was nie an Menschenherzen
In der süßen Liebe lag,
Ahndet nichts von diesen Schmerzen,
Dieser Sehnsucht, dieser Schmach.

So hatte Schneeflöckchen ein lange, lange traurige Zeit in den düstern Berghallen gelegen und den stummen Steinen und gefühllosen Wassern und Lüften, die vorbeirauschten, ihr Leid geklagt, da kam der Winter wieder und öffnete die Tore und trieb seine leichtgeflügelten Scharen in die Welt hinaus. Und Schneeflöckchen flog mit den andern aus und mußte wieder nach Liebe durch die Welt umherfliegen; und die leichten Winde kamen und nahmen sie mit und trugen sie über Länder und Meere hin. Einmal lag sie bei diesen Reisen auf dem Gipfel des kalten Kaukasus und seufzete und ächzete jämmerlich in dem bitteren Gefühle ihrer Verlassenheit unter den kalten lieblosen Gesellen, mit welchen sie leben mußte. Und als Schneeflöckchen hier zum Sterben krank war vor Liebe, da hörte sie unter sich in einer Bergschlucht jemand so jammervoll stöhnen und klagen, daß einem Stein davon das Herz hätte springen können. Und Schneeflöckchen flog auf und flog flugs hin, woher die Stimme tönte. Und sie sah unter einem kahlen Baum, durch dessen wenige falbe Blätter der wintrige Wind heulend pfiff, einen Jüngling stehen stattlich und reisig von Wuchs und schön von Gestalt. Er stand aber fast nackend da, sein Waffenkleid, sein Panzer und Helm und Schild lagen im Schnee umhergestreut, sein edles Roß stand seitwärts und kratzte Gras unter der Schneekruste hervor und fraß, seine Sporen lagen zerbrochen, sein Wams lag zerrissen neben ihm, in der Rechten hielt er ein blankes Schwert und seine Haare flogen wild im Winde und seine Blicke sahen verstört, wie wenn einer in eine Wüste hineinstarrt, und von seinen Lippen ächzeten jammervolle Klagen. Schneeflöckchen legte sich angstvoll und schweigend zu seinen Füßen und dachte bei sich: Ach wenn der Mann wehvoll ist wie ich und unglücklich durch Liebessehnsucht, so mag er mich hier zertreten in seiner Verzweiflung, daß ich den letzten Atem von Leben und Bewußtsein verliere! Das sollte mir der süßeste Tod sein. Er klagte aber also:

»Seid mir willkommen, Orte der Trauer! ihr wüsten Felsen, kahlen Bäume, du rauhe und finstere Kluft und ihr Winde, die ihr mit dem Schneegestöber dahinpfeift – ihr seid mein Leichengefolge, meine Leichenmusik, wie ich sie liebe. Du bist hin, edle Stärke, worauf ich getrotzt habe, du bist verwelkt, Schönheit, welche Frauen und Jungfrauen gepriesen haben, du hast dich verschmachtet und verblutet, arme kranke Seele, und sollst hier die Ruhe und den Frieden finden, den die kalte Erde dir nicht geben konnte. O kalte Erde! bald nicht mehr zu kalt, bald ein stilles kühles Bett dem Starren und Gefühllosen. – Komm treues Schwert, du treuer Freund und Schirmer in so manchen Schlachten und Abenteuern! tu mir den letzten Dienst! schneide dies Herz inzwei, das schon genug zerschnitten ist, dies arme Herz, dem alle Güter und Schätze gegeben waren, nur der einzige höchste Schatz der Liebe nicht. O wenn dieser kalte häßliche Dornstrauch lieben könnte, ich wollte ihn umarmen, ich wollte ihn an meine

Brust ja in meine Brust hineindrücken, daß sie von seinen hundert Spitzen bluten sollte, und ich wollte jauchzen vor Seligkeit; ja dich dünnen Schnee wollt ich nehmen, wenn deine Kälte zu Liebe erwärmen könnte, wollte mir die Hände von dir vollballen und dich tragen als meine köstlichste Habe, und Himmel und Erde sollten meinen Schrei hören: ›Ich bin geliebt! ich bin glückselig!‹ Ja eine Otter, eine Kröte wollt ich umarmen und sie Braut nennen und Zärtling und Liebling. – Nein! nein! nimmer! nimmermehr! Komm denn Schwert! und komm denn Tod! du Retter aus allen Nöten! und mache der elenden Posse ein Ende!« Und er rüstete sich zuzustoßen.

Und es war dem kleinen Schneeflöckchen wie ein Blitz durch das zärtliche Seelchen gefahren, und sie hob die Flügelchen auf und senkte sich sanft in seine Hand, als sie eben den letzten Stoß tun wollte. Und er fühlte es wie warm, und als brennte ihn etwas. Und er schaute in die Hand und sah Schneeflöckchen da liegen in seiner zarten gefiederten Gestalt. Und Schneeflöckchen, die eben eine Seele suchte, ward immer wärmer und brannte ihn wirklich. Und erstaunt ließ der Mann das Schwert fallen und sah Schneeflöckchen an, als verstände er das holde Kind, das nicht viel gewichtiger als ein wehendes Lüftchen auf seiner Hand lag, und voll Entzücken rief er: »Was? was? ist sie's? ist sie's? o gnädiger Gott! so will ich leben! und würd es eine Ewigkeit, sie soll mir nicht zu lang sein!« Und Schneeflöckchen, das diese Worte hörte, zerrann von Entzücken und ward ein glänzender Tropfen, der hell in seiner Hand lag und um Liebe zu flehen schien und wie das blaue Himmelsaug eines Engels aussah. Und der Mann sah das funkelnde Tröpfchen, das immer noch warm in seiner Hand glühete, und lief eilends zu einem Baum, der noch einige frische Blätter hatte, und nahm das grünste Blatt und goß das Tröpfchen da hinein und barg es sorgsam an seinem Leibe. Dann kleidete und waffnete er sich, schwang sich auf sein Roß und ritt im Fluge der nächsten Stadt zu.

Nun muß ich erzählen, wer dieser Mann war und woher er kam und was ihm begegnet war.

Er war ein edler Prinz, eines Königs Sohn im Lande Arabien, wo das Gold wächst und die Myrrhen und andere köstliche Kräuter. Er war unter den wunderbarsten Umständen zur Welt geboren und mit so unvergleichlicher Schönheit geschmückt, daß sein Vater der König und die Weisen des Landes von seiner frühesten Kindheit an sehr aufmerksam auf ihn waren; denn sie meinten, sein Leben werde gewiß auch von ungewöhnlichen Schicksalen geführt werden. Sie fragten das Los, sie fragten die Sterne viel über ihn, sie spielten mit Rätseln und Wahrsagern um ihn; aber das Los wollte nicht fallen und die Sterne wollten nicht sprechen und die Rätsel und Wahrsager wollten kein rechtes Geisterspiel spielen – sie blieben im Dunkeln über seine Zukunft. Aber über sein Herz blieben sie nicht lange dunkel. Der Prinz zeigte von Kind auf eine ungewöhnliche Zartheit und Weichheit des Gemütes und in seinen großen und schwarzen Augen lag eine Wehmut und Schwärmerei, welche dem alten Könige bange machten; so daß er zu seinen Weisen und Räten wohl zuweilen zu sagen pflegte: »Der Knabe muß strenge erzogen werden und immer unter Menschen und im vollen Getümmel sein; er könnte sonst ein Träumer oder Sternseher werden, welche die schlechtesten Könige sind, oder die Liebe, die verderblichste und gefährlichste aller Leidenschaften, könnte ihn ganz aus der Bahn der Tugend treiben.« Alle Gebärden, alle Bewegungen des Prinzen waren eben so sanft und zart, als seine Seele, und sein Stimmchen klang leise und lieblich wie ein Sommerlüftchen, wenn es durch Maiblumen hinspielt. Deswegen ward er Prinz Bisbiglio genannt, welches zu teutsch so viel heißt als Gelispel.

Als Prinz Bisbiglio vier Jahre alt geworden war, tat der König sein Vater ihn nicht in die Einsamkeit zu einem Weisen, wie die Könige im Morgenlande zu tun pflegen, die da glauben, im Getümmel der Hauptstadt und im Glanze und der Üppigkeit des Hoflagers könne schwerlich jemand zur strengen Tugend gezogen und geübt werden, sondern er schickte ihn zu einem alten grauen Kriegsmann, der mit einer riesigen Kriegsschar immer auf der Warte lag und der Grenzen hütete. Da sollte er wie ein Krieger erzogen werden, nichts sehen als Rosse und Waffen, nichts hören als Waffenklang und Trompeten und Pfeifen, kein anderes Lager kennen als ein hartes Soldatenbett und keine andre Flur und Au als die Tummelplätze und Übungsplätze, worauf Menschen und Pferde auch kein Gräschen grünen ließen. Künste sollte er nicht lernen, denn der König fürchtete, die Künste würden ihn zu weich machen, und ihm die strenge Arbeit verleiden, welche die beste Kunst für den ist, der als ein Mann Männern befehlen soll. Der Prinz lebte in diesem Lager zehen Jahre und ward ein vollkommener Kriegsmann, in allen Waffen geübt, ein Meister die Rosse zu tummeln und die Lanze zu werfen; außerdem war er schlank und reisig von Leibe und für sein Alter sehr stark.

In seinem fünfzehnten Jahre ließ der Vater ihn zurückkommen an seinen Hof und freute sich des schönen Jünglings und seiner weisen Erziehung. Aber was half sie ihm? Was die Natur in den Menschen gesäet hat, das muß früher oder später einmal Wurzeln treiben, es ist unvertilgbar wie das Leben und läßt sich mit dem Leben selbst nur ausrotten. Prinz Bisbiglio hatte nun in zehen Jahren nichts gesehen als rauhe und eiserne Männer des Kriegs und Lanzen, Bogen und Säbel, er hatte in keine Sterne geguckt, auf keine Nachtigallen gelauscht, in keinem Tanze sich mit umgeschwungen; doch waren so viele Sterne und Nachtigallen und Tänze in seiner Seele, daß sie von allem eisernen Lärm und eisernen Übungen nicht unterdrückt werden konnten. Ja sie wurden in ihm nur lebendiger, jemehr sie in das tiefste Innere seines Gemütes zurückgedrängt wurden. Bisbiglio war ein Kind der Sehnsucht und Liebe und mitten in dem Feldlager unter den harten und rauhen Kriegern hatte sein unbewußtes Herz immer nach Liebe gelechzet, sie hatte er aus allen Winken und Blicken, aus allen Liedern und Märchen gesogen, die auch von ganz etwas anderem klangen, ja aus jedem leisesten Worte, das nur so lose vor ihm gesprochen war; sein eignes Herz hatte ihm früh genug diesen bunten Himmel mit allen seinen Sternen und Nachtigallen geöffnet. So allmächtig ist der angeborne Trieb.

Bisbiglio stand jetzt in der Blüte der Jahre, wo die Fantasie am lebendigsten ist; er sehnte sich hinaus in die weite schöne Welt, damit er ihre Schönheit und Herrlichkeit erkundete, und ging zu seinem Vater dem Könige und bat ihn, daß er ihn ziehen lasse, wie andere Prinzen ausziehen, und sich durch fürstliche und ritterliche Abenteuer einen Namen machen. Der Vater erlaubte es ihm gerne, denn er dachte: dieser ist ein fester Jüngling, unter Eisen und Waffen erzogen, den werden die girrenden Tauben der Liebe und die schmeichelnden Sirenen der Zärtlichkeit nicht von der Heldenbahn ablocken. Aber Bisbiglio meinte es anders, als seine Worte vor dem Vater klangen: er wollte keine andere Abenteuer als Abenteuer der Liebe, er wollte auf die Liebe ausreiten, er wollte solange suchen in der weiten Welt, bis er die Liebe fände, die er sich von jeher als das höchste und seltenste Gut gedacht hatte. Er hatte nämlich in dem Feldlager am Euphrat oft das Märchen erzählen gehört von dem persischen Prinzen Sospirio, der zwanzig Jahre nach der Liebe durch die ganze Welt umhertrabte und sie endlich in einem schneeweißen Dornröschen fand, das mitten in der Wüste Afrikas verborgen und einsam blühete. Dies waren die hohen und geheimnisvollen Sterne, nach welchen Bisbiglio frühe guckte, dies waren die süßen Nachtigallen, die ihm selbst da sangen, wo Streitrosse um ihn wieherten und Speere auf Schilden zersprangen; von wundervollen Abenteuern, von Kämpfen mit Riesen und Drachen, von Verwandlungen und Bezauberungen hatte er Tag und Nacht geträumt, aber nicht bloß um ritterliche und königliche Scherze und Spiele, nein alles um Liebe und immer um Liebe.

So war er in die Welt ausgezogen und zog nun schon in das vierte Jahr so um und hatte mit sehnlichen Schmerzen die Liebe gesucht aber immer noch nicht gefunden. Abenteuer hatte er genug gefunden, Kämpfe genug bestanden, schöne

Frauen und Jungfrauen, Prinzessinnen und Königinnen, Amazonen und Sirenen, wunderbare Blumen und Vögel genug gesehen, einige auch geliebt, aber ach! die Liebe hatte er nicht gefunden, die himmlische, immer in einem blühende, glühende, fühlende, spielende, lebende, schwebende, singende, klingende, jauchzende Liebe. Er war schön, jung und tapfer, er hatte alles Schönste und Lieblichste angezogen wie der Magnet das Eisen anzieht, er war auch zärtlich geliebt worden, aber ach! nach wenigen Tagen, oft nach wenigen Sekunden, hatte er immer den Mangel gefühlt und wieder ausreiten müssen, damit er die rechte Liebe fände, welche er suchte. So war es ihm vor einem Monat eben wieder ergangen. In Damaskus hatte er des Königs Tochter gesehen schön wie eine Rose, schlank wie eine Lilie und lieblich wie ein Veilchen im stillen Tale, und sie hatte ihn über ihr Leben lieb gewonnen, und er sie wieder. Aber bald hatte der unglückliche Prinz wieder reiten müssen, fühlend, sie sei nicht die Liebe, die er suchte, und nun hatte er verzweifelt sie je zu finden und war hinaufgeritten bis in das wilde verschneite Gebirg bis in den höchsten Kaukasus hinein, und da hatte ihn das süße Schneeglöcklein am Leben erhalten.

Als der Prinz zu der Stadt gekommen war, ritt er vor das Haus eines Juweliers und kaufte sich ein Fläschchen aus lauterem Diamant und goß sein funkelndes Tröpfchen sein Schneeflöckchen da hinein und versiegelte das Fläschchen und steckte es zu sich und sprach: »Du wirst noch einmal eine Prinzessin werden, wie Dornröschen in der Wüste geworden ist, und wenn du es nimmer wirst, ich bin der glücklichste aller Menschen, solange ich nur diese Flammen fühle.« Er hatte sich nämlich ein Säckchen über dem Herzen gemacht, darein steckte er das Fläschchen, und er fühlte es bis in sein Herz, und es war ihm wie ein sanftes Prickeln, das er um die ganze Welt nicht hätte missen wollen. Er ritt aber immer lustig fort durch die weite Welt. Denn daß das Tröpfchen verwandelt werden mußte und daß es so nicht bleiben konnte, das ahndete ihn; das wußte er auch, daß er vor der Erfüllung

seines Schicksals nicht zu Hause reiten durfte. Und Schneeflöckchen saß als ein kleines Tröpfchen in dem diamantenen Fläschchen und war die Allerglückseligste, denn sie fühlte, daß sie geliebt war; aber doch zitterte sie oft bei sich und dachte: Fünf Jahre wie lange! wie lange! und wird er die Proben bestehen? Es ist wohl süß, so auf seinem Herzen zu ruhen, aber wie viel süßer wäre es, ihn mit menschlichen Armen umfangen und an dies Herz drücken! Und sie bebte vor Wonne bei dem Gedanken und zugleich vor Furcht, daß sie ihn verlieren könnte.

Und drei Jahre war der Prinz Bisbiglio mit ihr durch die Welt geritten und sie waren ihm verschwunden wie drei Tage. Da kam die Zeit harter Proben, die er noch bestehen mußte, ehe ihr Schicksal erfüllt werden konnte.

Die erste Probe war diese:

Er ritt einem Hause vorbei, das in Flammen stand. Da zweifelte er in sich: wenn sie, die meine Liebste ist, für dies Tröpfchen nun ein Mensch wäre und du lägest in den Flammen, sollte sie wohl hineinspringen und dich herausholen? Und wie er den bösen Gedanken kaum gedacht hatte, da fühlte er sein Gläschen mit unwiderstehlicher Gewalt heraufspringen, daß es ihm Hemd und Wams zerriß und den eisernen Panzer spaltete. Und wie ein Blitz flog es in die Flammen, und er sah das Fläschchen drinnen springen und das helle Tröpfchen weinte und ächzete in der feurigen Not, und bald erblickte er es nur noch als eine trübere Flamme. Da erfaßte ihn unnennbare Seelenangst und er warf sich von dem Pferde in das Feuer und griff sich das Flämmchen heraus und barg es in seiner Hand. Und das Flämmchen brannte ihm ein tiefes Loch in die Hand, dann ward es wieder zum Tröpfchen. Er ritt aber eilends in die nächste Stadt und kaufte sich wieder ein diamantenes Fläschchen, worin er es einfing und wieder an seine alte Stelle legte. In den Flammen hatte er sich das Haar versengt und die Wangen verbrannt und das Loch in seiner Hand war sehr tief. Und er mußte große Schmerzen leiden und wohl drei Wochen krank liegen, ehe er genas. Da trauerte er viel über seinen Unglauben, aber Schneeflöckchen war voll Freuden, daß er ihr so treu nachgesprungen war in das Feuer, aber über seine Schmerzen weinte sie innerlich. Und er merkte es wohl, denn es deuchte ihm oft, wie es in der Flasche ächzete, wiewohl er eigentlich nichts hörte.

Dies war die zweite Probe:

Er ritt über eine hohe Brücke, welche über ein reißendes Wasser führte, das der Tigris heißt. Da sah er das Nest eines Eisvogels auf dem Strome schwimmen und die Mutter saß auf dem Neste und fütterte die Jungen. Und er sprach bei dem Anblicke innig bewegt: »O welche Liebe! haben Menschen wohl solche Treue? Wahrlich wenn der Strudel diese kleine Brut untertauchte, die Mutter tauchte ihnen nach und stürbe oder holte sie herauf.« Und Schneeflöckchen auf seinem Herzen fühlte, was er drinnen bewegte, und mußte ihm in der innern Seelenangst wieder Rock und Panzer sprengen, und klingend flog das Fläschchen gegen einen Stein und das Tröpfchen goß sich in den Strom und zischte leise, wie wenn man heißes Wasser in kaltes gießt, und floß mit den reißenden Wellen dahin. Und der Prinz stürzte sich wie ein Blitz ihm nach in den Strom und kämpfte mit dem Strudel und tauchte sich auf und ab und rang mit Tod und Leben, und füllte seine Hände mit allen Wassern, bis er das zischende Tröpflein wiedergefunden hatte, das er wie eine brennende Kohle in der Hand fühlte. Dann schwamm er ans Land und sank erschöpft hin; das Tröpfchen aber hatte ihm wieder ein Loch gebrannt. Und als er wieder zu sich kam, war er zerschellt an allen Gliedern von den Felsen, woran er sich zerstoßen hatte, und die Wunde in der Hand schmerzte, aber seine Seele jauchzete in Wonne. Und Schneeflöckchen war auch in Entzücken über seine tapfere Treue. In der nächsten Stadt aber fing er sein Tröpfchen wieder ein, legte sein Fläschchen aufs Herz und ritt weiter.

Dies war die dritte und letzte Probe:

Der Prinz trabte mit seinem Schneeflöckchen eines Morgens durch einen hohen Bergwald, da ward er eines gewaltigen Reiters gewahr, der auf einem weißen Hengst ritt und so hoch war, daß sein Haupt über die Spitzen der Eichen und Buchen ragte. Er hielt eine Lanze, die einem Mastbaum gleich in den Lüften schwankte, und fällte diese fürchterliche Wehr, als er des Prinzen ansichtig ward. Dieser Riese – denn das war er – hatte ein häßliches und verrunzeltes altes Weib hinter sich auf, das ihn mit ihren dürren Armen umklammert hielt. Er führte sie wider Willen mit sich kraft eines Gelübdes, das er getan hatte, und dachte sie auf den ersten besten, den er treffen würde, abzuladen. Als er also den Prinzen Bisbiglio erblickte, rief er mit lauter Stimme, daß alle Berge und Klüfte widerhalleten, als hätten hundert Donnerwetter zugleich die himmlischen Kartaunen gelöst: »Halt, mein Knäblein! ich habe hier etwas für dich. Du bist jung und kannst einen Schatz gebrauchen, der meinen Jahren schon beschwerlich wird. Nimm diese Dame hintenauf und schwöre mir, daß du sie ritterlich halten und einen jeden, der dir begegnet zum Kampf auf Leben und Tod fordern willst, wenn er nicht bekennen will, daß sie die allerschönste Prinzessin sei, die je die Sonne beschienen hat. Auf diese Bedingung laß ich dich hier frei vorüberreiten, sonst wird deine Mutter bald einen Toten begraben.« »Das geschieht nimmer, du Trotziger, solange noch ein Tropfen Blut in mir warm ist«, rief Bisbiglio, von Zorn entbrannt; »wehre dich, du Prahler! ich schlage auf dich.« Und mit diesen Worten sprang er aus dem Sattel und ließ sein Roß laufen. Denn er begriff wohl, daß er gegen den Riesen und dessen Koloß von Pferd nicht rennen konnte und daß die Gewandtheit und Geschmeidigkeit gegen die Übermacht helfen mußte. Und der Riese, der sich schämte schlechter zu sein als der Jüngling, sprang auch vom Pferde, und sie warfen beide die Lanzen weg und griffen zu den Schwertern.

Und es entstand nun einer der schönsten und seltensten Kämpfe, die je in einer Rennbahn gesehen worden. Die Erde erzitterte, wann der Riese seinen Fuß bewegte, und Felsen schienen unter jedem seiner Hiebe bersten zu müssen. Leicht wie der geflügelte Wind sprang der Prinz einher, wich und bog sich jedem Streiche und Stoße aus und schlüpfte geschickt unter der Langsamkeit und Schwere des Riesen hin. So hatten sie lange gekämpft und schon rieselte des Riesen Blut aus mancher Öffnung, aber es waren seichte Wunden. Der Prinz war aber noch ganz und spielte in leichter Beweglichkeit mit seinen leichten Waffen um das Ungeheuer herum. Als der Riese sich nun von seinem eigenen Blute erröten sah, da ergrimmte er in seiner Seele und rief: »Genug! o schon zu viel! nicht länger soll diese Mücke mit dem Löwen spielen.« Und er holte einen gewaltigen Hieb aus, wodurch er den Prinzen wie eine Rübe in zwei Stücken zu spalten meinte. Doch der Hieb glitt vom Helm ab, nahm aber den ganzen Schild mit und die Häfte des Panzers, und der Prinz fühlte die Spitze des Eisens bis an sein Herz dringen. In dieser äußersten Not nahm auch er seine letzten Kräfte zusammen und stieß sein Schwert, so lang es war, in des Riesen Brust, daß das lange Scheusal fluchend und röchelnd hinstürzte.

Man kann sich Schneeflöckchens Angst denken bei diesem fürchterlichen Streit und wie sie in ihrem Fläschchen zitterte und bebte, wenn der Riese in seinen Waffen daher rasselte und sie die Stöße klingen und die Hiebe durch die Luft sausen hörte. Als sie aber die rote Flut den Panzer des Prinzen hinabrieseln sah, da konnte sie es nicht länger aushalten in ihrem Kerker, sprengte das Fläschchen und mischte sich mit dem Blute, das wie ein purpurner Strom am Boden floß. Und o Wunder über alle Wunder! in demselben Augenblicke, wie sie von dem Blute ganz umflossen war, stand die allerschönste Jungfrau da: Schneeflöckchen war wieder ein Mensch geworden.

Der Prinz hatte sich so erschöpft und verblutet, daß er in Ohnmacht hingesunken war. Schneeflöckchen warf sich mit tausend Tränen auf ihn, riß ihm den Panzer auf und trocknete das Blut seiner Wunde mit ihren schönen langen blonden Locken ab; sie beweinte ihn fast schon wie einen Toten. Als sie so über ihm lag und klagte und schluchzte, siehe da schlug der Prinz die Augen auf und atmete wieder und sah sein allerliebstes süßestes Kind, um welche er nun so manches Jahr in der Welt herumgeritten war. Und es war ihm bei dem Anblicke, als ob neue Kräfte sich durch alle seine Adern gössen und er neu geboren wäre, und er fühlte seine Wunde nicht mehr noch wie das Blut herabrieselte, sondern sah nur das liebliche Schneeflöckchen und küßte und herzte sie. Sie aber schnitt ihr Hemdchen inzwei, wo es ihr um das Herz lag, und legte das auf die Wunde, und das Blut ward gleich gestillt. Die Wunde war wohl tief, aber nicht tödlich, was sie leicht hätte werden können, wenn sie einen Zoll tiefer gedrungen wäre; denn der Riese hatte grade auf sein Herz getroffen.

Dieser aber lag wirklich tot da und sollte nimmer wieder aufstehen. Sie betrachteten nun seine ungeheure Lanze und seine gewaltigen Waffen, die ein gewöhnlicher Mann gar nicht von der Erde aufheben konnte, und ließen ihn da liegen; das alte garstige Weib aber, um welches der blutige Span entstanden war, ließen sie in Frieden gehen, wohin sie wollte. Der Prinz aber nahm zu Andenken dieses Streits mit dem Riesen nichts weiter mit als den großen weißen Hengst, worauf der Unhold geritten war, und sein Schwert. Als sie das Schwert von der Erde aufnahmen und näher betrachteten, sahen sie ein neues Wunder: die Spitze war zusammengeflossen, wie Eisen geschieht, das in die Kohlenglut gelegt wird, damit es dem Schmiede wieder weich werde. Und als Schneeflöckchen dies sah, funkelten ihr die Äuglein vor Entzücken und die hellen Tränen liefen ihr über die Wangen, und sie drückte den Prinzen mit einer Gewalt an ihre Brust, als wolle sie in eins mit ihm zusammenrinnen, und rief: »O du allertreueste und an Liebe unüberwindlichste Seele! so ist dein Herzblut so heiß von Liebe, daß das Eisen des Riesen daran geschmolzen ist und nicht hat eindringen können? So habe ich nun dieses warme Herz, wovon mir so oft geträumt hat in bitterer Trauer während meiner traurigen Verwandlung? Nun sehe ich, daß alles erfüllt ist, was meine Stiefmutter die böse Hexe einst gemurmelt hat, als sie mich aus dem Fenster fliegen ließ.« – Und sie erzählte dem Prinzen nun die Geschichte ihrer Verwandlung und wie jämmerlich sie zwei Winter als Schneeflöckchen habe umher fliegen müssen, bis sie in seiner Hand zum Tropfen geworden sei.

Der Tag, an welchem dieser Kampf mit dem Riesen stand, war genau der letzte Tag des fünften Jahres seit dem Tage, wo Schneeflöckchen den verzweifelten Prinzen Bisbiglio in der öden Waldschlucht des Kaukasus gefunden hatte. Und da beide sahen, daß das Schicksal alles mit ihnen erfüllt hatte, und da sie sich herzlich sehnten, die treueste und unvergleichlichste Liebe durch eine Hochzeit zu krönen, so ritten sie nun nicht weiter durch die Welt auf Abenteuer – denn sie hatten ja das allerschönste Abenteuer erlebt – sondern sie nahmen den gradesten Weg nach dem Schlosse, in welchem der alte König von Arabien, des Prinzen Bisbiglio Vater, wohnte. Und sie sind dort glücklich angekommen und der Prinz hat dem Könige alles getreulich erzählt, wie es sich mit ihm begeben hatte. Und der alte Herr hat nun wohl gesehen, wie viel es mit der Weisheit der Erziehung seines Sohns auf sich gehabt hat, aber er hat sich alle seine wunderlichen Abenteuer gern gefallen lassen, da er ihm eine solche Schnur ins Haus gebracht hat; denn Schneeflöckchen war so freundlich und schön, daß sie nicht allein ihm und allen Menschen sondern allen Engeln im Himmel gefiel.

Und als der alte König sich genug gefreut hatte und die Hochzeit gewesen war, da machten Bisbiglio und Schneeflöckchen sich auf und zogen zu dem alten Könige in Indien. Und Schneeflöckchen erzählte ihm ihre ganze Geschichte, wie die Stiefmutter zur Füchsin geworden war und gesungen hatte: »Schneeflöckchen flieg hin! fliege durch die Welt hin!« und wie sie dann ein Schneeflöckchen geworden und aus dem Fenster gelassen wäre und so mehr als sechs traurige Jahre in der Verwandlung habe leben müssen. Und der König ihr Vater ist so zornig geworden, daß er die alte Hexe hat an einen Pferdeschweif binden und zu Tode schleifen lassen. Auch hat er nun von ihren häßlichen Töchtern, die sie ihm geboren, nichts mehr wissen wollen, sondern hat sie hoch gen Norden hinauf in die Berglande Indiens geschickt und geringen Männern zu Frauen gegeben. Schneeflöckchen aber ist Königin von Indien geworden nach seinem Tode und Indien und Arabien sind so *ein* Königreich geworden. Ein zärtlicheres und treueres Ehepaar ist aber auf der Welt nie gesehen worden als der treue Prinz Bisbiglio und seine süße Prinzessin Schneeflöckchen, so daß sie wegen ihrer Zärtlichkeit und Treue noch bis diesen Tag im ganzen Morgenlande in Fabeln und Liedern erzählt und gesungen werden. Sie haben auch die allerschönsten und lieblichsten Kinder gehabt, die auch Herzen gehabt haben, sich aller Anmut und Schönheit des Himmels und der Erde zu freuen, und die ihren Eltern an Freundlichkeit und Milde gleich gewesen sind.

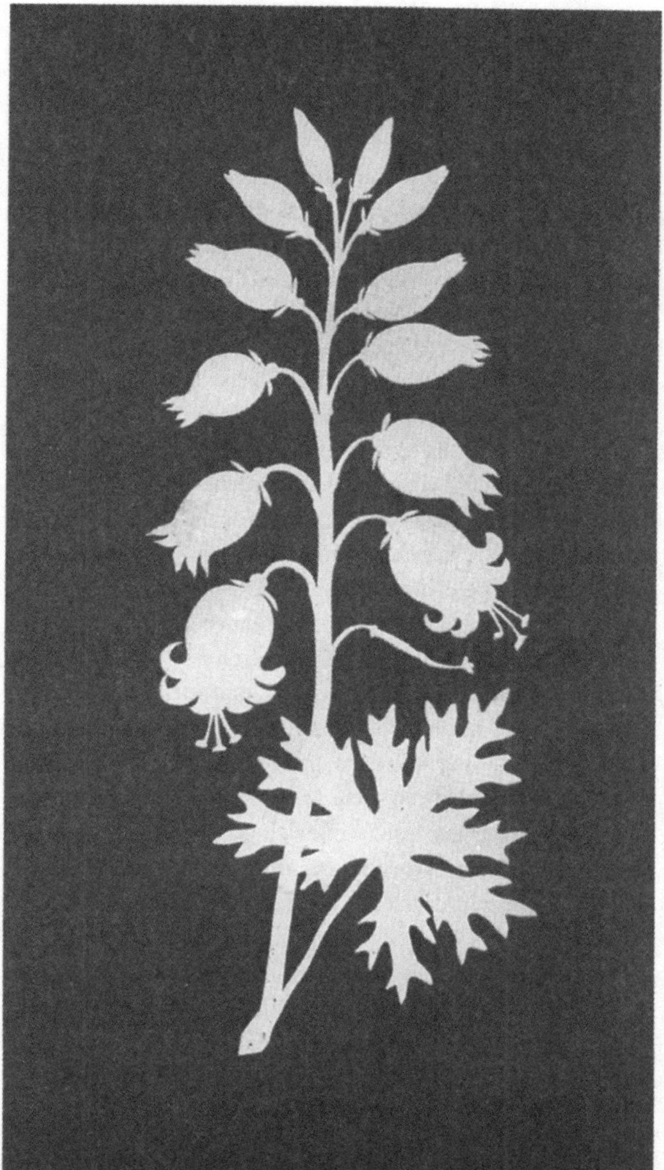

Der Schlangenkönig

Schlangenkönig wohnte auf einer fernen Insel in der Ostsee, die gen Dänemark liegt, und hatte dort sein Schloß. Dieses Schloß lag aber wieder in einer kleinen Insel, die in der großen Insel steckte, wie der Krämer die kleinen Schachteln in die großen steckt. Dieses Inselchen lag in einem großen Landsee. Da hatte Schlangenkönig sein Schloß unter einem Hügel in der Erde gebaut, und es war sehr schön darinnen und schimmerte und funkelte von Silber und Gold und Edelsteinen und hatte die allerprächtigsten Gemächer. Darinnen saß Schlangenkönig ein armer verwandelter Prinz und wartete auf seine Erlösung. Er war aber verwandelt wegen seiner Eitelkeit. Denn er war ein wunderschöner Prinz gewesen und hatte viele schöne Prinzessinnen und Königinnen und Kaiserinnen mit seiner Schönheit gelockt, aber keine geliebt sondern alle mit wankelmütigem Herzen verlassen. Deswegen war er zur Strafe verwandelt worden, damit er auch versuchte, was es heißt keine Liebe finden, und er mag nun wohl als der Schlangenkönig kriechen müssen bis an den Jüngsten Tag. Weil er nämlich so viele arme Prinzessinnen betrogen hat, die er sitzen ließ und weiter ging, so hat ihn die Strafe getroffen, und das Wort ist zu ihm gesprochen: »Sei der Schlangenkönig und krieche als der Schlangenkönig und iß Erde und sauge Gift aus Wurzeln und Kräutern und sei den Menschen ein Abscheu und den Tieren ein Grauen, bis ein unschuldiges junges Blut sich über dich erbarmt und mit dir zu Bett geht und dich ohne Grausen küßt. Das merke dir aber: wirst du dieser wieder ungetreu, dann wirst du auf ewig in das tiefste höllische Feuer hinabgestoßen.« Schlangenkönig hatte bei seiner Verwandlung ganz die Farbe des Kleides behalten, das er trug, weil er noch Prinz war. Er trug nämlich einen grün und gelb gestreiften seidenen Rock, und jetzt schleicht er als eine schöne grün und gelb gestreifte Schlange umher mit einer goldenen Krone auf dem Kopf, und pfeift und zischelt wie eine Schlange, aber sprechen kann er nicht. Nur sind gewisse Tage im Jahre, wo er singen darf, und da singt er mit so wunderschöner und süßer Stimme, daß er schon manches arme Kind verlockt hat, mit ihm zu gehen in sein Schloß, aber noch hat er keine einzige gefunden, die ihn hat küssen wollen. Die aber mit ihm gegangen sind, müssen in seinem Schlosse sitzen, bis er eine findet, die es über das Herz bringen kann, ihn in Liebe zu küssen. Die das tut, das wird die Königin und alle die andern, die er hineingelockt hat, werden ihre Dienerinnen. Und auf diese Weise allein können sie aus dem Schlosse erlöset werden.

Nicht weit von dem See, wo Schlangenkönigs Schloß auf der Insel war, lag ein Dorf, das hieß Thorstorp. Die Wiesen und Weiden dieses Dorfes liefen bis an den See hinab, und da trieben die Kinder des Dorfs ihre Kühe hin und hüteten sie daselbst. Unter diesen Hirtenkindern waren zwei, die hatten einander sehr lieb und trieben ihre Herden fast immer zusammen. Es war eine kleine Dirne, die hieß Margarethe, und ein Knabe, der hieß Jakob. Margarethe war vierzehen Jahre alt und Jakob sechszehn. Sie waren beide beinahe erwachsen aber unschuldig wie die kleinen Kinder und wußten nicht, warum sie einander so lieb hatten. Aber daß sie sich über alles liebten, das ist wahr. Diese und die andern Knaben und Mädchen, welche dort das Vieh hüteten, hatten Schlangenkönig oft laufen sehen und mochten ihn gern leiden, denn er war sehr bunt und schön und seine Krone funkelte auf das allerschönste. Der Schelm kam oft durch den See geschwommen und ringelte sich im Grase herum und wand seinen schönen schlanken Leib um die Bäume und Büsche, daß die Kinder seinen Spielen zusahen und ihre Freude daran hatten. Aber ganz nah kamen sie ihm nicht, denn sie hatten doch ein Grauen vor ihm, weil er Schlangengestalt trug, obgleich sie wußten, daß er nicht biß und keinem was zu Leide tat. Die Kinder hatten noch nie einen Gesang von ihm gehört, obgleich die Rede ging, der Schlangenkönig könne singen und habe schon manche schöne Dirne verlockt, die nun in seinem Schlosse sitzen und weinen müsse, sondern vor ihnen hatte er immer nur gezischelt, wie andere Schlangen tun. Er durfte ja auch nicht alle Tage singen und außerdem war er viel zu klug, als daß er sich's in Gesellschaft hätte merken lassen, daß er singen konnte; denn da konnte es ihm ja zu nichts helfen. Nein, wann seine Singetage waren und wenn er dann ein hübsches Kind allein belauschen konnte, dann ließ er seine Stimme ertönen und brachte es gewöhnlich mit weg.

Eines Tages saß Jakob mit seiner Margarethe hinter einem grünen Busche und die beiden Kinder erzählten sich Geschichten und ihre Kühe graseten vor ihnen, die andern Hirten aber hatten weiter abwärts getrieben. Da kam Botschaft, daß Jakob geschwinde zu Hause mußte. Er küßte seine liebe Margarethe und sagte: »Margarethe, gib derweile auch auf meine Kühe acht, bis ich wiederkomme, und kommt der Schlangenkönig etwa, so bleibe bei Leibe nicht allein, sondern treibe nur geschwinde zu den andern Hirten hin. Er könnte dich wegsingen, denn der Schelm soll es in der Stimme haben.« Sie versprach es, aber rief dem weglaufenden Burschen lachend nach: »O das ist nur eine Fabel mit dem Singen des Schlangenkönigs, er kann ja nicht einmal sprechen: der soll mich nicht wegsingen.«

Jakob war kaum hundert Schritt fort, so kam der Schlangenkönig über den See geschwommen und ringelte sich dann in den allerlustigsten Kreisen über die Wiesen hin und machte so viele niedliche Schlingungen und Windungen und richtete sein Köpfchen mit der goldenen Krone so lieblich lächelnd und so hell guckend auf, daß die kleine Margarethe recht ihre Freude daran hatte und ihr Versprechen, das sie Jakob getan, auch ganz und gar vergaß. Und Schlangenkönig ringelte sich immer näher heran und kroch auf einen grünen Baum, der vor Margarethen stand, und schaukelte sich einige Minuten in seinen Zweigen herum, dann sang er mit der allersüßesten und beweglichsten Stimme, als hätten hunderttausend Frühlingsnachtigallen zugleich geschlagen, und Margarethe konnte nun nicht mehr von der Stelle und mußte ihm zuhören: sie saß, als wenn sie festgezaubert war, wiewohl sie an ihres Jakobs Worte dachte. Er sang ihr aber diesen Gesang, den sie des Schlangenkönigs Brautlied nennen, und womit er schon manche zarte Jungfrau in sein Schloß gelockt hat:

Komm, schönes Jungfräuelein,
Schlafe bei mir!
Ich hab ein Goldringelein,
Das schenk ich dir,
Ich hab ein Goldkämmerlein,
Das ist für dich,
Ich hab ein Goldwiegelein,
Drin wieg ich dich.

Komm, schönes Jungfräuelein,
Schlafe bei mir!
Süßen und kühlen Wein
Trinkst du bei mir,
Zucker heißt hier das Brot,
Fleisch Marzipan,
Äpfelchen rosenrot
Beißet dein Zahn.

Komm, schönes Jungfräuelein,
Schlafe bei mir!
Dienerinnen hübsch und fein
Warten der Tür,
Kammerfraun ohne Zahl
Stehen am Bett,
Das in dem goldnen Saal
Hochzeitlich steht.

Komm, schönes Jungfräuelein,
Schlafe bei mir!
Zieh in mein Schloß mit ein,
Treu bin ich dir.

Heißa! wie fliegt zum Tanz
Lustig der Strich!
Du trägst den Hochzeitkranz,
Bräut'gam bin ich.

Schlangenkönig hatte ausgesungen, blinzelte freundlich auf das Mägdlein herab, kam dann herunter, schlug im Grase einige Ringelein um das Kind und sang gar leise und leidig: »Komm mit! Komm mit!« Und Margarethe kam mit. Aber kaum war sie zehen Schritt mit Schlangenkönig gegangen, so bedachte sie sich und wollte zurückfliehen. Aber es war zu spät, sie war nun in Schlangenkönigs Gewalt: er umzingelte sie und trug sie über die Wiese hin mit weg, und umsonst schrie sie: »Jakob! Jakob! hilf! hilf!« und rief den andern Hirten zu, aber weder Jakob noch die Hirten waren da, und Schlangenkönig kehrte sich an ihr Geschrei nicht und rollte geschwinder als der Blitz mit ihr davon und schwamm durch den See.

Als Schlangenkönig sie über das Wasser nach der Insel hinübergetragen hatte, war er plötzlich verschwunden, die kleine Margarethe aber war vor Angst ohnmächtig geworden und wußte gar nicht, wie sie über den See gekommen war. Das war aber das sonderbarste, daß auch kein Tröpflein Wasser sich an ihre Locken und Kleider gehängt hatte noch durchgedrungen war: sie war ganz trocken auf die Insel gekommen. Und als sie sich wieder besinnen konnte, da befand sie sich in einem wunderschönen Garten voll der allerlustigsten Bäume und buntesten Blumen; und es war alles, wie das Lied gesungen hatte, an allen Zweigen hing Zucker und Marzipan und rosenrote Äpfel und durch den Garten floß ein tiefer Bach von Milch und Quellen süßen Weins sprudelten aus dem Hügel. Das Schloß aber unter dem Hügel war noch viel schöner, als Schlangenkönigs Brautgesang es beschrieben hatte, und waren so prächtige Säle und funkelnde Kammern und Gemächer darin, daß kein Mensch die Herrlichkeit schildern könnte; und wenn man ihm auch eine Ewigkeit Zeit gäbe, die schönsten Worte zu suchen, womit er es beschreiben und ausmalen wollte, er kriegte es doch nicht fertig.

Und als Margarethe vor dem Schlosse erschien, siehe da waren flugs wohl hundert Dienerinnen zur Stelle, welche Kerzen und Lampen trugen. Diese führten sie in einen hohen Marmorsaal, der mit Gold und Silber und Edelsteinen verziert war, und zogen ihr goldene und silberne Kleider an und setzten ihr eine goldene Krone auf den Kopf und nannten sie Königin und Herrin und sprangen dienend um sie herum und brachten ihr alles, was sie nur verlangte. Diese Dienerinnen waren alle jung und trugen schneeweiße Kleider und grüne Kränzlein im Haar und sahen die meisten mehr traurig als fröhlich aus.

Und als es dunkelte und gegen die Nacht ging, kamen wieder andere Jungfrauen und führten Margarethen in ein Kämmerlein, das blitzte und funkelte wie eitel Gold, und darin stand ein goldenes Bett, auf welchem rosenrote und himmelblaue seidene Kissen und Decken lagen. Und sie naheten sich ihr sehr ehrerbietig und zogen ihr die Kleider aus und die Schuhe von den Füßen und nahmen ihr die Krone vom Kopfe und legten sie dann weich ins Bett. Als sie das getan, löschten sie die Lampen aus bis auf eine, und verneigten sich stumm und schweigend und gingen weg.

Und es währte nicht lange, so flüsterte es und knisperte und wisperte an der Türe, und die Türe tat sich auf, und der Schlangenkönig kam herein und kroch an Margarethens Bett und lispelte und zischelte ihr leise zu: »Willkommen, meine auserkorne Königin! willkommen, meine süße Braut! Nun komme ich als dein Bräutigam zu dir, mein süßes Margrethchen! wie ich dir unter dem grünen Baume vorgesungen habe; nun wird alles wahr werden! O komm und nimm mich in deine Arme! und drücke mich an dein warmes Herz! und küsse mich und habe mich recht lieb! Dann bin ich erlöst und du bist eine reiche und große Königin. Denn ach! das ist mein trauriges Schicksal, so lange muß ich als Schlangenkönig auf der Erde herumkriechen, bis ein unschuldiges Kind mich in Liebe umhalset und wieder in den schönsten Prinzen verwandelt, der ich gewesen bin.« Und er zischelte gar lose und leise und sah sie mit funkelnden Augen an und hob seinen Kopf zu ihr hinauf, als wolle er zu ihr ins Bett steigen – Margarethe aber schrie gewaltig und rief: »Fort du buntes Scheusal! Nein nimmer – nimmer – nimmermehr! und wenn du so schön wärest, als du häßlich bist. Ich will deine Königin nicht werden, ich will in meinem Leben keinen andern Bräutigam haben, als meinen lieben Jakob.« – Und Schlangenkönig mußte sich ducken und fliehen.

Und als es Tag geworden war, kamen dieselben weißen Jungfrauen, die Margarethen ausgekleidet hatten, und zogen ihr die prächtigen Königskleider wieder an und setzten ihr die güldene Krone wieder auf das Haupt und die andern im Saale und vor der Türe verneigten sich nun vor ihr und bedienten sie. Und sie ging im Schlosse und im Garten umher und besah sich allen den Glanz und die Pracht. Aber weiter als den Garten konnte sie nicht kommen; denn es lief eine himmelhohe kristallene Mauer rings um ihn herum und seine Tore waren dicht verschlossen. Sie sah aber den ganzen Tag nicht das Geringste von Schlangenkönig, und das war ihr sehr lieb. Aber an ihren Jakob hat sie viel denken und oft bitterlich weinen müssen und sie hat gerufen mitten in der schimmernden Herrlichkeit: »O mein lieber Jakob! säße ich nur mit dir jetzt in einem schlechten Kleide unter einem grünen Baum, wie viel glücklicher wäre ich! Pfui der abscheuliche Schlangenkönig! wie hat er mich verlockt und verführt durch seinen Gesang!«

Und als es Nacht ward, führte man sie eben so wie gestern in ihre Goldkammer und brachte sie ins Bett und löschte die Lampen. Und auch der Schlangenkönig kam eben so wieder wie gestern und schlich an ihr Bett und flehte, daß sie ihn ins Bett nehmen und lieb haben und Königin werden sollte. Sie aber ward noch viel böser als gestern und jagte ihn mit schlimmen Worten fort. Und Schlangenkönig mußte traurig wieder aus der Kammer kriechen und die Nacht wieder auf der kalten feuchten Erde schlafen.

So ging es noch drei Tage und Schlangenkönig versuchte noch dreimal, ob das Kind ihn lieb gewinnen und bei ihm schlafen wolle. Sie aber rief immer: »Fort fort, du blanker gleißender Gaukler! Jakob wird mein Mann und kein anderer in Ewigkeit!«

Mit dem fünften Male waren auch die Proben vorbei, welche Margrethchen auszustehen hatte, und der traurige Schlangenkönig rief nun den Frauen und Dienerinnen zu, daß sie sie des Schmuckes entkleiden und aus der goldnen Kammer führen möchten, und sagte zu Margarethen: »Nun bist du nicht mehr Königsbraut und kannst es nimmermehr werden, wenn du auch wolltest. So ist die Ordnung des Schicksals hier. Du bist hinfort eine schlechte Dienerin, gehe darum zu den andern Dienerinnen und warte der hohen Frau, die da kommen und mich erlösen soll.« Er meinte aber diejenige, welche sich über ihn erbarmen und ihn von Herzen küssen und liebhaben und Königin und Herrin aller dieser Dienerinnen werden würde, welche seine Liebe verschmäht hatten.

Und Margarethe hatte jetzt ein weißes Kleid an und trug ein grünes Kränzlein und mußte mit den andern jungen Dirnen vor der Türe des Schlosses und in dem großen Saale stehen und warten. Es waren lauter junge Kinder die Dienerinnen und Kammerfrauen, keine unter dreizehn Jahren und keine über siebzehn, wohl mehr als hundert und fünfzig an der Zahl, alle hübsch und fein. Mit einer jeden hatte Schlangenkönig es eben so versucht, wie mit Margrethchen, aber keine einzige von so vielen hatte sein Flehen erhören und ihn lieb haben wollen. Diese niedlichen Kinder waren nun freilich recht fein gekleidet und hatten der Speise und des Trankes und was sie zum Leben bedurften vollauf, auch wurden sie mit keiner Mühe und Arbeit geplagt und konnten den Tag singen und tanzen und oft auch in dem schönen Garten spazieren gehen und sich Blumen pflücken und die Vögelein in den Zweigen auf das allerlustigste singen hören; aber die Zeit ward ihnen doch herzlich lang in aller dieser Pracht und die meisten waren voll Traurigkeit und Sehnsucht. Die eine sehnte sich nach Vater und Mutter, die andere nach Bruder und Schwester, die dritte nach einem Herzallerliebsten; Margarethe sehnte sich nach nichts als nach ihrem lieben Jakob, von welchem sie sich so jämmerlich hatte weglocken lassen.

Jakob war bald gekommen, nachdem Margarethe von Schlangenkönig entführt worden war, und suchte seine Margarethe im Walde und auf der Weide bei den andern Hirten. Er fand sie nirgends, aber die Hirten sagten ihm, Schlangenkönig werde sie wohl weggefangen haben. Jakob hörte auch bald von einem Manne, der da unten am See pflügte, er habe in der Ferne ein Gewimmer gehört und das möge die entführte Margarethe wohl gewesen sein. Der kleine Jakob war sehr traurig und mußte jeden Tag ja jede Stunde an sein Margrethchen denken und immer nach der Insel hinüber schauen, zu welcher sich kein Mensch wagte; denn es ging die Sage, derjenige müsse gleich des blassen Todes sein, der sich ohne ein sicheres Pfand in dieses Gebiet des Schlangenkönigs wage. Da schaute Jakob traurig und sehnlich hinüber und seufzete: »Ach Margrethchen! Margrethchen! warum hast du dir die Ohren nicht zugestopft, als der lügnerische und gleißnerische Schelm sang?« und rief auch wohl zuweilen für sich: »Halt dich wacker, Margrethchen! werde keine Königin, Margrethchen!« Das hatte er aber gewiß nicht nötig; denn Margarethe war ihm treu wie Gold. Das war ihm aber das Allertraurigste bei dieser Geschichte, wenn er Schlangenkönig über die Wiesen hinschlüpfen sah in seinem bunten Rock, daß er ihm nichts tun durfte.

So waren Jakob zwei Jahre verflossen in Gram und Traurigkeit über seine liebe verlorne Margarethe, da hörte er von einem alten Schäfer einen Rat, wie man verzauberter Prinzen und Prinzessinnen und selbst der Hexen und Hexenmeister Herr werden könnte, und wenn sie noch so schlimm wären. Und Jakob ging flugs in den Wald und hieb sich einen großen knotigen Dornstock aus einem Dornstrauch, welcher der Kreuzdorn heißt, und darauf schnitt er noch ein Kreuz aus. Als nun Schlangenkönig das nächste Mal wieder über die Wiese hinschlängelte, faßte Jakob sich ein Herz und fuhr auf ihn zu, so daß der Schlangenkönig sich verwunderte, was der Bauerbursche wolle; denn er war es nicht gewohnt, daß die Leute auf ihn losgingen, sondern, daß die meisten vor ihm flohen. Und Schlangenkönig dachte bei sich: »Den Bauerjungen will ich schon jagen, daß ihm die Haare auf dem Kopfe sausen sollen«; und er richtete sich auf und sprühete Funken aus den glänzenden Augen und streckte die zischende Zunge aus und machte seine Krone auf dem Kopfe feuerrot vor Zorn und zuckte mit dem Rücken, als wolle er auf Jakob springen. Aber Jakob ging ihm fest entgegen und rief: »Komm nur her, Herr Heidenkönig! komm nur her! Ich bin nicht bange vor dir, du sollst schon Gemach lernen.« Und als Schlangenkönig gegen ihn sprang, berührte er ihn nur leise mit seinem Dornstock, und o Wunder! Schlangenkönig krümmte sich und wand sich um den Dornstock, wie die Rebe sich um ihren Stab windet. Und Jakob freuete sich und rief voller Freude: »Halt fest, mein Prinzchen! ich muß mein Kunststück versuchen.« Und er nahm den Stock und schwang ihn dreimal um den Kopf, daß er durch die Lüfte sausete, und Schlangenkönig hielt fest, als wenn er daran gewachsen wäre. »Der Stock ist gut und der Schäfer ist nicht dumm«, sprach Jakob, und fragte Schlangenkönig: »Schlangenkönig, willst du mir Margrethchen wiedergeben, so mache ich dich strax los und du magst hingehen, wohin du willst.« Schlangenkönig aber schüttelte den Kopf. Und Jakob sprach wieder: »So fahr wohl für heute, mein Prinz! friere die Nacht hier und bedenke dich bis morgen.« Und er nahm den Dornstock und stieß ihn fest in die Erde, und Schlangenkönig hing darum, und es sah gar lustig aus.

Den andern Morgen kam Jakob wieder und sprach zu Schlangenkönig: »Schlangenkönig, willst du mir Margrethchen wiedergeben?« Schlangenkönig aber schüttelte mit dem

Kopf, noch stärker als gestern. Da ward Jakob sehr böse und ging hin und schnitt sich einen frischen Haselstock und sprach: »Ich muß wohl einmal dein buntes Jäckchen fragen, was das zu dem Scherze sagt; vielleicht gibt mir das eine gescheitere Antwort.« Und er schlug Schlangenkönig auf seinen bunten Rock, daß er sich krümmte wie ein Ohrwurm und die Zunge laut zischelnd ausstreckte, aber er nickte nicht mit dem Kopfe: Jakob ich will dir Margrethchen wiedergeben. Als Jakob meinte, daß er ihn diesmal genug geschlagen habe, ging er weg und sprach: »Für heut ist's genug, bedenke dich bis morgen.«

Den dritten Morgen kam Jakob wieder und sprach zu Schlangenkönig: »Schlangenkönig gestern und vorgestern fragte ich dich: ›Schlangenkönig, willst du mir Margrethen wiedergeben?‹ Heute kommst du so wohlfeilen Kaufs nicht ab; heut heißt es: Schlangenkönig, willst du mir Margrethen wiedergeben und alle die armen Jungfrauen, die in deinem Schlosse und Garten eingesperrt sind?« Und Schlangenkönig schüttelte zweimal mit dem Kopfe. Da nahm Jakob seinen Haselstock, und schlug ihn unbarmherzig, so viel als er schlagen konnte, so daß der Schlangenkönig ihn fast jammerte; aber doch nickte und kopfschüttelte Schlangenkönig ihm kein Ja zu. Da sagte Jakob: »Heut ist das letzte Mal, daß ich Geduld habe. Du magst hier an dem Dornstock verfaulen, denn du kommst in Ewigkeit nicht los, wenn ich dich nicht löse. Also noch einmal und das letzte Mal, bedenke dich bis morgen.«

Und als Jakob den vierten Morgen wiederkam, fragte er Schlangenkönig wieder: »Schlangenkönig willst du mir Margrethchen wiedergeben und die andern Jungfrauen, daß sie frei aus deinem Gebiete weggehen und eine jede so viel mittragen dürfen, als sie mit den Händen tragen können?« Und Schlangenkönig war mürb geworden, denn es hatte diese Nacht sehr gefroren, und ihn hungerte und durstete gewaltig, auch sah er, daß Jakob einen frischen Haselstock in der Hand führte doppelt so dick als der vorige. Und Schlangenkönig ließ es diesmal auf den Stock nicht ankommen und nickte dreimal mit dem Kopfe ja. Und Jakob sagte zu ihm: »Schlangenkönig, schwöre mir's bei deiner Seligkeit und bei der Hoffnung, die du hegst, dieser häßlichen bunten Haut einmal ledig zu werden« – und Schlangenkönig nickte ihm den Schwur auch dreimal zu.

Als dies geschehen war, nahm Jakob sein Messer und schnitt das Kreuz glattweg von dem Kreuzstock, worum Schlangenkönig geschlungen hing, und in demselben Augenblick glitt Schlangenkönig herunter und ringelte sich im Grase und machte sich die erfrornen und zerschlagenen Glieder erst wieder ein wenig geschmeidig. Darauf kroch er vor Jakobs Füße und richtete sich auf und senkte sich dann wieder vor ihm, wie ein kluges und gehorsames Pferd sich erst vor dem Reiter zu richten und wieder zu senken pflegt, daß er aufsteige. Und Jakob verstand den Wink, denn er wußte wohl, daß zu der Insel weder Brücke führte noch Nachen ging; und er zeichnete sich mit dem Zeichen des heiligen Kreuzes und betete ein Gebet und rief: »Nun in Gottes Namen!« und so schwang er sich auf sein buntes Pferd. Und sausend fuhr Schlangenkönig mit ihm über die Wiese dahin und in einem Hui hatte er ihn über das Wasser getragen.

Schlangenkönig sprang nun gegen das eiserne Gartentor, welches kein anderer öffnen konnte als er, und das Tor tat sich sogleich auf, und sie gingen beide hinein. Da fand Jakob seine Margarethe wieder, und wie sich die beide gefreut haben, wer will das beschreiben? Aber unendlich ward der Jubel im Schlosse und Garten und klang und brausete aus allen Stimmen zum Himmel, als Jakob verkündigte, alle eingefangene Jungfrauen sollen nun wieder frei sein und mit ihm und Margrethen aus dem verzauberten Schlosse und Garten ziehen. Und er hieß die hübschen Kinder sich tummeln und einpacken, was jedes mitnehmen wolle, denn in zwei Stunden solle die Reise von der Insel vor sich gehen. Und sie liefen die eine hiehin die andere dahin und waren sehr geschäftig, aber Schlangenkönig war sehr traurig und sah es mit weinenden

Augen an. Und als Jakob ihn so traurig sah, jammerte ihn seines Schicksals und daß er in dem scheußlichen Schlangenrock gehen mußte wegen seiner früheren Sünden und Schulden, bis ein unschuldiges junges Blut sich über ihn erbarmte und ihn lieb hätte. Und er tröstete ihn und sprach: »Schlangenkönig, sei du nur nicht so traurig, daß diese alle von dir gehen und wieder zu den Ihrigen reisen wollen; denn von diesen allen kann dich ja doch keine einzige mehr erlösen. Und daß sie dir das Schloß ein bißchen leer machen, das schadet dir ja auch nichts: du behältst immer noch Schätze und Herrlichkeiten genug. Du jammerst mich und ich will dir darum noch einen guten Rat geben, und den verschmähe nicht. Laß dein trotziges und herrisches Wesen fahren und sei nicht so klug und listig. Denn mit Klugheit und List richtest du es nicht aus, das hast du wohl lange merken können, und obgleich du der Schlangenkönig heißest, bist du gewiß nicht verwandelt worden, daß du ein Herr sein sollst, sondern ein Diener sollst du sein und dienen sollst du lernen in Reue und Buße über deine begangenen Sünden, damit derjenige sich über dich erbarme, welcher der Herr aller Könige ist. So ist es gemeint mit dem bunten Schlangenrock, den du tragen mußt: du sollst demütig und gehorsam werden, so magst du noch wohl Liebe und Erlösung finden. Aber ein trotziges und listiges Herz, das keine Demut hat, kann auch keine Liebe in der Brust haben; und wie kannst du glauben, daß ein junges unschuldiges Herz den Schlangenkönig umarmen soll, wenn es ihm nicht anmerkt, daß Liebessehnsucht und Frömmigkeit in ihm wohnt?«

So sprach Jakob ganz beweglich zum Schlangenkönig, und als die Jungfrauen und Margarethe fertig waren, da rief er: »Tu uns auf, Schlangenkönig!« Und Schlangenkönig stieß mit dem Kopf gegen das Eisentor des Gartens und es sprang weit auf; und sie gingen alle heraus und Schlangenkönig ging mit ihnen. Als sie nun an das Wasser kamen, war da weder Brücke noch Nachen, und Jakob sprach: »Hurtig, Schlangenkönig! mach Anstalt! mach uns die Brücke fertig!« Schlangenkönig aber konnte es nicht lassen, er brauchte wieder eine List und spannte ein dünnes glänzendes Spinnwebchen wie einen Bogen über das Wasser von einem Ufer zum andern und sprach lächelnd: »Ich kann euch nicht helfen, dies ist die einzige Brücke, auf welcher man von dieser Insel über den See kommen kann.« Er hoffte aber in seinem Herzen, es werde niemand darauf treten, aus Furcht zu ersaufen, und so werde er durch diese Feinheit alle die Jungfrauen glücklich da behalten als Dienerinnen und den Jakob obenein als Diener. Aber Jakob hatte von solchen Kniffen der Geister oft gehört, nahm sein Margrethchen an die Hand und rief: »In Gottes Namen! alle mir nach!« Und so sprang er auf die dünne Spinnwebbrücke und Margrethchen mit ihm, und in demselben Augenblicke legte sich die Spinnwebenbrücke als die schönste und breiteste Marmorbrücke über das Wasser, und er und Margrethchen und die andern Jungfrauen gelangten glücklich hinüber. Und als sie alle am Lande waren, war die Brücke in der Sekunde wie versunken und man sah keine Spur mehr von ihr, auch nicht einmal das Spinnwebenfädchen. Und sie waren alle froh aber erstaunt und sahen und hörten nichts als ein leises Wimmern hinter sich; das war wohl der Schlangenkönig, der über seine schönen Jungfrauen weinte.

Jakob lief nun über die Wiese hin mit seinem Margrethchen und mit der schneeweißen Jungfrauenschar, die er erlöst hatte, und sie zogen jubelnd und jauchzend in Thorstorp ein. Und alle Leute sind entsetzt gewesen über diesen Geschichten und haben lange erzählt von Jakobs Abenteuer in allen Landen und haben die Ausführung der schönen Jungfrauen aus dem Zauberschlosse Jakobs Auszug genannt. Und die feinen jungen Dirnen haben zu Jakob und Margrethchen freundlich Ade gesagt und sind weggegangen und glücklich wieder zu den Ihrigen gekommen; und weil sie sich Gold und Silber und kostbare Kleider aus Schlangenkönigs Schlosse mitgebracht hatten, so haben sie alle gar bald junge und hübsche Bräutigame gehabt. Und Jakob ist der Bräutigam seiner Margrethe geworden und sie haben bald eine lustige Hochzeit gehalten. Sie sind aber hier in Thorstorp nicht geblieben, denn die Nachbarschaft der Insel, wo Schlangenkönig hauste, deuchte ihnen zu gefährlich, sondern sie sind weiter zurück ins Land hinauf gezogen und haben sich da für die mitgenommenen Schätze ein schönes Gut gekauft und in Freuden gelebt. Von dem Schlangenkönige und ob er seitdem erlöst worden, haben sie nie wieder was gehört.

Aschenbrödel

In einem Walde, der von der ganzen weiten Welt abgelegen war und wo man selten eine andre Stimme hörte als die Stimme der Vögelein, die da sangen, oder als das Girren der Tauben und Brüllen der Hirsche, lag von allen Menschen ungewußt zwischen höchsten Bergen ein wunderliebliches Tal, und in dem Tale stand ein kleines kleines Häuschen, mit Stroh gedeckt und mit hellen Fensterscheiben, und an dem Häuschen war ein Gärtchen wohl nicht so groß als der Garten Eden, worin Adam und Eva einst gelebt haben, aber gewiß eben so schön. Das Häuschen war wohl eines der kleinsten Häuser, die jemals gebaut sind, denn es hatte nur zwei ganz kleine Kammern, grade geräumig genug, daß in jeder ein Bett, ein Stuhl und ein kleines Tischchen stehen konnte. In der einen Kammer wohnte ein alter Mann, dessen Kopf schon schneeweiß war und in der andern ein kleines Mädchen mit blonden Löckchen und rosenroten Wängelein und mit den hellsten und freundlichsten himmelblauen Äugelein. Wie der Mann hieß, das weiß ich nicht, aber das kleine Mädchen hieß Nanthildchen. Diese beiden wohnten ganz allein im Hause. Sie lebten aber ganz verschieden; denn der Mann saß den ganzen Tag in seinem einsamen Kämmerchen und studierte Bücher verborgener Weisheit, das Mädchen aber lief in dem Garten herum und spielte sich von einer Blume zur andern und von einem Vogelnest zum andern. Des Nachts aber, wann das Mägdlein im süßen Schlaf lag, wandelte der Meister in dem Garten und auf der Waldhöhe und betrachtete den Lauf des gestirnten Himmels; denn er war ein gewaltiger Sternkundiger. Gesprochen, glaube ich, ist in keinem Hause auf Erden weniger als in diesem Hause, denn der Alte war fast immer still und in sich gekehrt und sprach nimmer ein Sterbenswort mit dem Kinde, als des Morgens, wo er sie im Katechismus und in Gottes Wort unterwies, und des Abends, wo er vor dem Schlafengehen mit ihr betete. Selten hat er ihr an den langen Winterabenden wohl einmal eine Geschichte erzählt, er hat ihr aber die allerhübschesten Geschicht- und Märchen-Bücher mit den niedlichsten Bildern geschenkt, worin sie lesen und sich die Zeit vertreiben konnte, wenn der Tag zu kurz war. Aber unendlich lieb hat der Mann das Kind gehabt und das Kind wieder den Mann, welchen es Vater nannte. Er hat es oft stundenlang auf seinem Schoß und an seiner Brust gehegt und es also an seinem Herzen einschlafen lassen; und dann sind ihm wohl die Tränen in die Augen gekommen und er hat die Hände gefaltet, gebetet, die Augen gen Himmel gehoben, und gesprochen: »Allmächtiger, Barmherziger, laß dieses süße Kindlein glücklicher sein, als ich gewesen bin!« Den ganzen Tag aber, solange die Sonne am Himmel stand, spielte das Kind in seinem Garten unter den Blumen und Vögeln, die hier nie aufhörten zu blühen und zu singen. Denn in diesem freundlichen und anmutigen Tale war ein ewiger Frühling und Sommer und Blüten und Früchte sah man immer neben einander. Auch aßen Nanthildchen und ihr Vater nichts anderes als Früchte und Brot und tranken Milch und Wasser dazu.

So hatte das Kind in seiner Einfalt und Unschuld fortgespielt und war zwölf Jahre alt geworden unter seinen Blumen und unter den Engelein Gottes, die oft unsichtbar und in der Gestalt von Vögeln und Schmetterlingen um sie scherzten, und war gewiß das allerholdseligste und freundlichste Kind auf Erden. Da hatte sich einmal ein Prinz, und zwar ein königlicher Prinz und der einzige Sohn des Königs, der über die Länder herrschte, auf der Jagd in den Bergen verirrt und war in das heimliche verborgene Tal hinabgekommen und zu dem Gärtchen, worin das Mägdlein spielte. Und das Kind hatte sich über den schönen Jüngling gefreut und hatte ihm Lilien und Rosen gebracht, und er hatte sich auch gefreut und das Kind auf seinen Arm genommen und es viel tausendmal geküßt und geherzt. Und darauf als er die Jagdhörner seiner

Begleiter heranblasen gehört, hatte er es freundlich gegrüßt und war weggegangen einen Seitenpfad den steilen Berg hinan, und hatte beim Abschiede gerufen: »Spiele fröhlich, Nanthildchen, ich komme bald wieder und bringe dir was Schönes mit.« Und als der Abend gekommen war, hatte Nanthildchen dem Vater alles erzählt, und er hatte den Kopf dazu geschüttelt und bedenklich ausgesehen. Das hatte ihm aber am wenigsten gefallen, daß das Kind, als sie von dem Jüngling erzählte, einmal über das andre ausrief: »O er war auch gar zu schön, viel, viel schöner als du, wenn du mich am allerliebsten hast und mir das Liedchen singst

Nanthilde, süßes Röselein,
Blüh, blüh im hellen Sonnenschein!
Blüh, blüh, mein süßes Röselein,
Geschirmt von Gottes Engelein!

Bei diesen letzten Worten des Kindes waren ihm die hellen Tränen in die Augen getreten, was ihm nicht leicht geschah, und er hatte aufstehen und weggehen müssen, damit er dem Kinde die Bewegung seines Herzens verbärge.

Und als der dritte Tag nach diesem vergangen war und der vierte kam, da kam auch der schöne Prinz wieder geritten; und er kam diesmal in seiner ganzen Pracht und Herrlichkeit in einem goldnen Kleide mit Knöpfen von Demanten besetzt. Und er hat wohl an die zwei Stunden mit dem süßen Mägdlein in dem Garten gesessen und mit ihr gespielt und sich ihre Blumen und Vogelnester zeigen lassen, und sie dann auf den Schoß genommen und ihr allerlei anmutige Geschichten erzählt. Endlich hat er ihr ein blaues seidnes Kleidchen gegeben und ein feines Goldringelein, in welchem ein Demant funkelte, und dabei gesprochen: »Behalte das, Nanthildchen, und trag es zu meinem Andenken.« Darauf hat er das Kind auf seinen Arm gehoben und es geküßt, und ist weggeritten, und hat ihm noch mit den Händen zugewinkt und zugerufen: »Gott behüte dich! ich komme bald wieder.«

Und als die Sonne untergegangen war und das Kind den

Abend zu seinem Vater in das Kämmerchen trat, sprach er: »Mein Kind Nanthildchen, was ist dir? du siehst ja so rot aus, als wenn du eben auf der Schmetterlingsjagd gewesen wärest.« Und sie hat geantwortet: »O er ist wieder da gewesen, der schöne junge Mann, von welchem ich dir jüngst erzählte; und er war noch viel schöner als damals, und er war so prächtig und hatte Knöpfe an seinem Rock, die wie die Sterne funkelten, und ich habe mit ihm im Garten umherspringen und ihm alle meine schönsten Blumen zeigen und mit ihm spielen müssen; und er ist viel länger geblieben als das erste Mal und hat mir noch viel freundlicher gedeucht; und er will auch oft wiederkommen und mit mir spielen, hat er gesagt; und sieh mal, was er mir Schönes geschenkt hat!« Und sie zeigte in heller Freude das seidene Kleid und den goldnen Ring. Und der Alte besah sich das und ward blaß wie der Schnee, als er den Ring umkehrte und die Worte las, die darin geschrieben standen. Aber er schwieg und sagte kein Wort. Als aber das Kind zu Bett gegangen war, trieb es ihn unruhig hinaus, und er schaute in den Sternenhimmel, und rief mit großer Bewegung: »O du ewiger Sternenfürst! noch keinen Frieden? und ich muß wieder von hinnen und all diese stille Traulichkeit und Lieblichkeit verlassen? denn auch hier finden mich, die mir nach der Seele stehen. Ja fort! fort! und morgen noch fort, ehe die Sonne über die Berge ins Tal guckt!«

Ich muß aber nun sagen, wer der alte Mann war, dem die weißen Locken schon die Scheitel herabhingen. Er war aus dem Lande der alten Franken von weiland, und war der Sohn eines Frankenkönigs, der in der Stadt Metz im Ardennerwald wohnte. Es hatte sich aber in den Tagen seiner Jugend begeben, daß ein anderer König der Franken, der in Burgund wohnte, plötzlich seinen Vater überfallen und ihn und alle seine Kinder, Söhne und Töchter, erschlagen hatte, bis auf einen einzigen, einen Knaben von zehn Jahren, den ein treuer Diener auf seinem Rücken durch den Ardennerwald weggetragen und an einen verborgenen Ort geflüchtet hatte. Und dieser junge Knabe war der alte Mann mit den schneeweißen

Locken gewesen, der jetzt in den Sternenhimmel schauete. Und er hatte in seiner Jugend viele Abenteuer und Gefahren durchlebt, und auch mehrmals um das Reich seines Vaters gestritten; aber es hatte ihm nicht gelingen wollen. Darauf war er ins Morgenland gezogen, ins Gelobte Land, und hatte gegen die Unchristen gekämpft in Syrien, Babylonien und Ägyptenland, und hatte dort viele verborgene Weisheit gelernt. Und da war ihm von einer Sultanstochter, die er im Kriege gefangen, getauft und gechristet und darauf sich als Gemahl beigelegt hatte, das einzige Töchterlein, das er hatte, geboren. Als ihm aber jenes sein holdes Weib gestorben war, da hatte es ihm unheimlich gedeucht in Asien und hatte eine unbeschreibliche Sehnsucht ihn in seine Heimat zurückgetrieben. Er wollte dort aber in seinem fünfzigsten Jahre nicht mehr um Königskronen streiten, sondern um die himmlische und unverlierbare Krone, ob er die gewinnen möchte. Und so hatte er sich mit seiner Weisheit und seinen Schätzen wohl zwanzig Meilen abwärts Metz im tiefsten Walde seine stille Heimat gesucht und dort schon acht Jahre mit seinem Töchterchen gewohnt. Der junge Prinz aber war der Enkel des Königs, der seinen Vater und dessen Geschlecht vertilgt hatte. Und das wußte er wohl.

Er schlief diese ganze Nacht nicht, sondern wachte und betete im Freien und auch in dem Kämmerchen über seinem Kinde. Und ehe noch der Tag anbrach und es kaum dämmerte, weckte er Nanthildchen auf, und sagte: »Steh auf! steh auf! mein Kind, und halte hier dein letztes Morgengebet mit mir; denn wir müssen reisen. Jener schöne Jüngling, den du gesehen hast, darf mich nimmer sehen; denn wisse, er ist mein Todfeind und sein ganzes Geschlecht mit ihm.« Und Nanthildchen hat diese Worte des Vaters mit Erstaunen und Schrecken gehört, und zum ersten Mal in ihrem Leben hat sie gezittert. Und der Alte hat sich Träger geschafft, Gott weiß, woher, die ihm seine Bücher und Schätze trugen, und er hat sein Kind an die Hand genommen, und einen Feuerbrand an das Häuschen gehalten, und dabei gerufen: »Hier wohne nimmermehr ein Sterblicher!« und so ist das Häuschen hinter ihnen in hellen Flammen aufgegangen und hat ihnen auf ihrem Pfade nachgeleuchtet; Nanthildchen aber hat bitterlich geweint, als auch der liebliche Garten fern hinter ihnen lag. Und so sind sie vier Tage gewandert durch Wald und Gebirg, bis sie in eine Gegend gelangten, die noch viel einsamer und verschlossener war als die, wo sie gewohnt hatten; und da hat der Alte sich wieder ein stilles verborgenes Tal gesucht und ein Häuschen gebaut und ein Gärtchen angelegt gleich den vorigen. Es ist aber wunderbar gewesen, wie geschwind die Bäume dort gewachsen sind und wie bald der bunteste Blumenflor dort wieder in Blüte geprangt hat, daß einer hätte glauben können, es sei Zauberei dabei gewesen.

Der Prinz ist den andern Tag nach ihrer Flucht aus dem Tale wieder den Berg herab gekommen zu der Stelle, wo er das süße und englische Blumenkindlein gefunden, und hat sie in dem Garten und unter allen Blumen, in allen Lauben und an allen Quellen gesucht, aber nirgends mehr eine Spur von ihr finden können. Aber als er zu der Stelle gekommen, wo jüngst das Häuschen noch gestanden und wo nun schwarze Kohlen und graue Aschen lagen, ist er in sich gewaltig erschrocken und hat eine Weile so starr da gestanden, als solle er augenblicklich zu Stein werden. Darauf flogen ihm mancherlei wilde und verworrene Gedanken durch die Seele; der traurige Gedanke aber ist endlich fest darin gesessen, daß Räuber gekommen und sie erschlagen und verbrannt oder auch den Alten erschlagen und das schöne Kindlein mit sich weggeführt hätten; denn das deuchte ihm zuletzt unmöglich, daß an solche Huld und Lieblichkeit ein Mörder die Hand legen könne; und mit dieser Vorstellung tröstete er sich doch ein wenig. Und er ist lange Zeit in dem Garten traurig auf und ab gegangen und hat jede Blume und jedes Sträuchlein mit einer Träne begossen; denn nun, da sie weg war, fühlte er erst, wie lieb ihm das Kind Nanthilde gewesen. So ist er endlich schmerzenreich zu Hause geritten und hat seinen Gram und seine Sehnsucht nicht bergen können; denn er hatte nur *einen*

Gedanken und *ein* Leben, und das war Nanthilde und immer Nanthilde.

Und der König sein Vater ward bestürzt, als er ihn so bleich stumm und traurig erblickte, und fragte ihn um die Ursache seiner Traurigkeit. Der Prinz aber antwortete ihm: »Mein Herr König und Vater, dein Sohn und Diener hatte im einsamen Waldtale, wo er jagen gegangen war, ein schneeweißes Reh gefunden, das zahm war wie ein Kind und mit dem er scherzen und spielen konnte, und das Reh war seiner Seele lieb geworden – und siehe! nun sind Räuber gekommen und haben das niedliche Tierchen getötet oder gestohlen. Darum ist mir das Herz so voll Traurigkeit. Und wenn du mich lieb hast, sei nun gnädig und erlaube, daß deine Zimmerleute mit mir dahinab ziehen und mir ein Häuschen bauen, worin ich zuweilen wohnen und die fröhlichen und unschuldigen Waldvögelein klingen und zwitschern hören kann, wenn mir des Schellengeklingels und Zungengeflüsters der Schmeichler und Schönsprecher in deinen königlichen Sälen zu viel wird.« Und der alte König lächelte und sprach ja, und schickte seine Zimmerleute über das Gebirg hinab, und der Prinz ritt mit ihnen, und zeigte ihnen, wo und wie sie ihm das Häuschen bauen sollten. Er wollte aber eben ein solches Häuschen haben, wie er weiland auf der Brandstätte gesehen, und es sollte auch da wieder hingebaut werden. Und sie waren in zwei Tagen fertig mit dem Bau, und verwunderten sich des Prinzen, daß seine Herrlichkeit unter einem so niedrigen Dache wohnen wollte.

Und die Leute raunten sich nun mit halber Stimme zu, der Prinz sei närrisch geworden; einige aber gruben tiefer, und meinten, er suche die Weisheit, und dürfe sich das nur vor seinem Vater dem König nicht merken lassen; die Weisheit aber wohne nicht in dem großen Glanz und Getümmel noch in der Könige Häusern sondern müsse in der Einsamkeit gesucht und erfleht werden. Und der Prinz wohnte hinfort fast immer im Walde und kam selten in die Städte und auf die königlichen Schlösser. Jäger war er auch nicht mehr, und die

Hirsche und Rehe mochten ruhig um ihn spielen und die Auerhähne locken und die Tauben girren, und die kleinen Nachtigallen, Finken und Zeisige singen – kein Hund und kein Hifthorn und kein rasselndes Geschoß störte den stillen Frieden dieser verborgenen Waldgründe. Prinz Hilderich war nun ein fleißiger und frommer Gärtner geworden, der Unkraut von den Beeten jätete und Bäume und Blumen pflanzte und begoß. Denn die Bäume und Blumen standen und blüheten noch wie vormals, und da wähnte das sehnsüchtige Herz die Füße und Hände der geliebten Kleinen wieder zu berühren. Wenn er aber von der Arbeit ermüdet war, dann ist er gesessen, wo er mit dem holdseligen Kinde gespielt hatte, und an der Stelle gestanden, wo er sie zuerst am Zaun stehend gefunden und wo sie ihm ein Sträußchen von Rosen und Lilien gereicht hatte. Da ist der arme Prinz oft stundenlang gestanden und hat in Sehnsucht bergan geschaut den Pfad hinauf, welchen er in glücklichen Tagen heruntergekommen war, und hat in seiner Sehnsucht den Tag und die Sonne vergessen, und der Mond und die Sterne sind oft aufgegangen, ohne daß er gewußt, es sei anders am Tage.

Armer Prinz! wie würdest du dich gefreut haben, wenn deine Augen hätten in das Gärtchen hinüberreichen können, wo deine Nanthilde jetzt wohnte, zwanzig Meilen weiter, und wo sie eben so stand wie du und mit den Sternen kosete und mit sehnsüchtigen Augen die hohen Berge hinan schaute und seufzete: »O mein altes süßes Gärtchen! wo bist du geblieben? wo ist er geblieben? – Und er soll des Vaters Todfeind sein, und kann doch mein Todfeind nicht sein – wie ist das doch? – Nein, das ist er nicht, ein Bösewicht ist er nicht, gewiß das ist er nicht; und der Vater irrt sich sicherlich und weiß nicht, wen er meint. O wenn er nur hier wäre! und der Vater könnte ihn sehen! dann würde es wohl klar werden.«

So saß der einsame Prinz hier in seinem Gärtchen und verlebte seine traurigen und auch wieder seligen Tage in Sehnsucht und Schwärmerei, und ward ein ganz anderer Mensch, als er vorher gewesen. Der mutige feurige und rüstige Jüngling, der er sonst war, der Ringer, Jäger und Reiter, war gar nicht mehr in ihm zu erkennen. Auch fing die Stärke seines Leibes und die Schönheit seiner Gestalt an zu verfallen; so daß der König, der nur diesen einzigen Sohn hatte, sehr traurig war und mit seinen Freunden ratschlagte, wie er ihn dem unwürdigen Müßiggange und der leeren und nichtigen Träumerei entrisse. Es lebte nun an seinem Hofe ein weiser Mann, des Königs Freund und auch des Prinzen Freund, der ging einmal zum Könige und sprach zu ihm: »Herr König, ich wette, diese Krankheit, die dir so schlimm deucht, ist von sehr natürlicher Art und noch heilbar. Wenn ich die Menschen kenne, so hat der Prinz irgend ein Bild im Traum gesehen oder sich aus Sonnenschein und Morgenrot eins gewoben und in dem Blumengarten seines jungen Herzens gehegt, oder ihm ist auch irgendwo leibhaftig das junge weiße Reh erschienen, von welchem er dir verblümt gesprochen; und das ist die Krankheit und Sehnsucht und das einsiedlerische Gärtchen und Häuschen im Walde, die einem königlichen Jüngling von achtzehn Jahren freilich nicht wohl stehen. Und gegen ein solches Übel weiß ich kein anderes Mittel, als er muß die Stätte ändern. Darum, Herr König, laß ihn in die Welt reisen auf Ritterschaft und mich mit ihm, und ich will sehen, ob ich Freude und Heldentum neu in seiner Brust entzünden und ihn wieder gesund machen kann. Vielleicht auch, wenn die mannigfaltigsten Bilder des Lebens seine Jugend umspielen und umflattern, wie bunte Vögel den Frühling, daß jenes zu feste Bild dann aus seiner Seele weicht oder doch in milderen und helleren Farben darin spielt.«

Und die Rede des weisen Reginfrid – so hieß der Rat und Freund des Königs – gefiel dem alten Könige wohl, und er hieß ihn sogleich in den Wald reiten und den Prinzen an den Hof bringen. Und als sie vor den König traten, sprach er also zum Prinzen: »Mein Sohn, ich habe dir in allem immer den Willen und die Lust gelassen, wie sie deinem Herzen gefallen; aber nun muß ich mich deswegen wohl selbst schelten und es kann mich nicht länger gut dünken, daß du, der einmal Männern gebieten soll, mit den Tieren und Vögeln des Waldes allein lebst und mit Blumen und Schmetterlingen wie ein verliebter junger Schäfer spielst. Deine Jahre sind gekommen, du mußt in die Welt hinaus, in den Kampf der Männer, wo um Glorie und Heldentum gerungen wird. Du sollst auf Ritterschaft reisen und dieser treue Ritter Reginfrid, dein Freund und mein Freund, soll dein Geleiter sein. Und nun tu mir den Willen und rüste dich! denn ehe die dritte Sonne aufgeht, mußt du auf der Straße sein.« Dieser Befehl des Königs klang dem Prinzen wie ein Donnerschlag; er wollte noch dagegen bitten und sprechen, aber sein Vater erzürnte sich und sprach: »Sei würdig und gehorche! ich will keines Seufzerlings Vater heißen.«

Der alte Reginfrid rüstete und bereitete alles, und ritt den vierten Tag mit dem Prinzen aus dem Schloßhofe. Und sie ritten über Ströme und Berge, und nach drei Wochen kamen sie in das Land des Königs von Hispanien. Und Reginfrid hielt nirgends an, sondern trieb die Reise immer weiter bis in den äußersten Süden und Osten. Denn weil er des Prinzen Sehnsucht kannte, wollte er ihn gern bis ans Ende der Welt bringen, damit die Heimkehr nicht zu geschwind sein könnte. Und sie kamen nach Lissabon am äußersten Westmeer, und mieteten dort ein Schiff nach Joppe, und von Joppe ritten sie zur heiligen Stadt Jerusalem hinauf, und von da nach Damaskus und Babylon, und so immer weiter durch die Grenzen der Persen bis nach Indien und in das Land der Chinesen. Und sie hatten manche Abenteuer zu Wasser und zu Lande erlebt, und der Prinz hatte in Kämpfen mit Riesen und Drachen und in Erlösungen gefangener und bezauberter Prinzessinnen seinen ritterlichen Mut und sein königliches Herz stattlich erwiesen, aber keine einzige dieser Prinzessinnen, wie jung und schön sie auch waren, hat ihm dieses sein Herz auch nur mit einem leichten und zarten Hauch der Lust anwehen geschweige durchwehen können; das heißt: eigentlich frisch und froh ist er nimmer geworden, auch hat er nimmer von der süßen Krankheit sprechen wollen, die ihm die Brust zernagte, wie oft und wie stark der Ritter auch an diese verschlossene Brust klopfte. Aber der kluge und weise Reginfrid gab acht auf ihn und auf all sein Tun, wie der Falk auf die Tauben, die er fangen will, und er blieb fest bei dem Glauben, daß Hilderich von Liebe krank sei. »Denn«, sprach er, »wie viele liebliche und duftige Blumen der Schönheit haben wir gesehen! wie viele holdseligste und adligste Prinzessinnen und Kaiser- und Königs-Töchter haben wir aus Türmen und Zauberschlössern erlöst! und sie haben sich mit all ihrer Lieblichkeit und Schönheit dem Heldenjüngling ans Herz legen wollen, und er ist kalt geblieben wie der Schnee, der über Felsen hinweht. Nein das wäre unnatürlich und unmenschlich, wenn es nicht Liebe wäre.«

Zwei Jahre hatte der Prinz dies herumirrende abenteuernde Leben ertragen und alle Qualen der Sehnsucht nach der geliebten Heimat, woher ihm das leuchtende Bild seiner Jugend entgegenfunkelte und in immer hellerer Schöne vor seinen Blicken aufging. Endlich ward es ihm zu mächtig, und er ward so krank, daß sein weiser Begleiter fürchtete, er werde ihn in der Fremde und bei den Heiden begraben müssen. Als er ihn nun so todesbleich und elend sah, ist er eines Tages vor ihm auf die Kniee gefallen, hat ihm die Hand genommen und mit Küssen bedeckt und mit tausend heißen Tränen begossen, und dann diese Worte gesprochen: »Stirb nicht! o bei dem allmächtigen Gott bitt ich dich – lieber Hilderich, stirb mir nur hier nicht! O ich kenne deine Krankheit, und muß und will sie heilen. Wenn du liebst – und ich fühle und weiß, du liebst – so liebe auch mit Hoffnung! denn ohne die grüne Hoffnung ist die schönste Liebe welk. Sei jung und mutig, wie du ein Jüngling bist! liebe und hoffe, und hoffe und liebe! Denn wie dunkel es dich auch dünke, es kann ja mit Gott noch alles lichter Sonnenschein werden.« Und der Prinz erstaunte ob der Rede des Mannes, und sie hatte ihn so weich gefunden und gemacht, daß er endlich sein süßes und schmerzliches Geheimnis gebeichtet hat. Und Reginfrid war froh und sagte: »Geliebter Prinz, glaube und vertraue, Gott ist mit in diesem wundersamen Spiel. Gewiß das süße Kind lebt, so grausam hat der Himmel nicht mit dir spielen wollen; du wirst sie wiederfinden und alles Leid wird Freude werden.« Und er hauchte dem Kranken so viel Hoffnung und Mut in die Brust, daß er von Stund an gesund ward und in wenigen Tagen wieder zu Roß saß.

Jetzt aber legten sie der Rückreise scharfe Sporen an, und es ging wie auf Windesflügeln ohne Rast und Ruh aus dem Morgenlande immer gen Westen; und der Prinz hätte den Vogel Greif der Wüste Kobi haben mögen, um recht geschwind zur Stelle zu sein, wohin seine Sehnsucht spornte. Da als sie des Weges ritten in Persien am Kaspischen Meere hin und Hilderich einmal unter grünen Bäumen und blühenden Rosensträuchen ein ländliches Gärtchen und Häuschen sah und ein kleines Mädchen mit blonden Locken, welches die Blumen begoß, sprach er: »So ungefähr war es dort in meinem stillen Bergtale und solche goldne Locken trug mein Nanthildchen und solche weiße linnene Kleider; aber weh mir! denn nimmer wird der stolze König mein Vater mir die Tochter eines Gärtners zum Gemahl geben.« – »Er wird es, weil er muß, wenn sein Sohn leben soll«, sprach Reginfrid. »Und warum sollte eines armen Mannes Kind nicht Königin sein können? Hast du nicht die schöne Geschichte gehört von dem Könige in England, der eines armen Schäfers Kind aus einem Adlerneste herunterholte, und das Kind ward so wunderschön, daß er es seinem Sohne zur Frau gab? Gott, der größte und künstlichste Meister, macht oft die herrlichsten Menschenkunstwerke in den Hütten der Hirten und Bauren und läßt die weisesten und tapfersten Kaiser und Könige, wenn er will, zuweilen Weichlinge und Ungeheuer zeugen. Und ist dein Nanthildchen die holdseligste und unschuldigste aller Jungfrauen im Lande, wie sollten wir vor ihr nicht gern als vor unserer Königin knieen? Darum mutig und fröhlich in Hoffnung weiter!«

So hat Reginfrid den Prinzen getröstet und frischen Lebensmut und Liebesmut in seiner Brust angeblasen; und sie sind immer gegen Westen geritten, bis sie wieder zum Lande der Franken und zur lieben Heimat gelangten.

Und der alte Mann und seine Tochter hatten ein Jahr still in ihrem Tale gewohnt, und Nanthildchen hatte jeden Tag vergebens über den Gartenzaun geguckt, daß ein freundlicher Mann zu Pferde kommen und sie grüßen sollte; aber er war nimmer gekommen. Es kam aber etwas anderes, das nicht so lieb war, in ihr Häuschen, nämlich eine Frau mit zwei Töchtern. Diese brachte ihr Vater einen Tag mit, und sie blieben da; und er befahl Nanthilden, sie solle die Frau Mutter und die beiden Töchter Schwestern nennen, und sie tat das. Aber die Frau hatte kein Mutterherz und ihre Töchter hatten kein Schwesterherz zu Nanthilden, und das fühlte sie wohl und hielt sich deswegen allein zu ihrem Vater. Wie und warum die nun dahin gekommen sind, das weiß ich nicht; genug der Alte hat sie eines Abends mitgebracht und hat die Frau seine Frau genannt. Die Leute sagen aber, es war nicht seine Frau, sondern die Frau eines Ritters, der vormals im Morgenlande mit ihm gewesen war; und weil dieser sein Freund nun gestorben war, so nahm er die Wittib und ihre Töchter mit in sein Haus, und kleidete sie in köstliche Kleider und hängte ihnen goldne Ringe und Spangen um, und gab ihnen alles, was ihr Herz nur begehren konnte: denn er war sehr reich. Aber auch er war am meisten mit seiner Tochter Nanthilde und nahm sie jetzt manche Nächte mit unter den Sternenhimmel und lehrte ihr die verborgene himmlische Weisheit und was Gott und der Heiland den Heiligen und Frommen in stillen Stunden von oben zuflüstern und zuwinken. Und Nanthilde war jetzt eine wunderschöne Jungfrau und dabei recht inniglich fromm und freundlich.

Prinz Hilderich und Ritter Reginfrid waren endlich am Ende des dritten Jahres ihrer abenteuernden Ritterschaft zu Hause gekommen, und der alte König hatte sich darüber so gefreut, daß er vor lauter Freuden gestorben war, und so hatte Hilderich nach ihm das Königreich überkommen. Aber er hatte noch ein anderes Königreich im Herzen, das ihm mehr war als die königliche Krone der Franken und Burgunden und das ihm Tag und Nacht keine Ruhe ließ, und das war das liebliche Blumenkindchen, das er in dem einsamen Tale gesehen hatte und das ihm wie ein Wunder erschienen und wie ein Wunder verschwunden war. Wie viel und oft er nun auch auf seinem königlichen Thron sitzen mußte, viel lieber saß er auf der grünen Rasenbank, wo er mit Nanthildchen gesessen und gespielt hatte, und in seinem strohenen Häuschen, wo er sich träumte, daß sie sitzen und mit ihm kosen könnte; und dann seufzete er oft recht schwer: »Ach! was ist die königliche Krone und aller Glanz der Welt gegen den Glanz der Liebe?« Sein redlicher Reginfrid aber tröstete ihn immer mit der Hoffnung, und sprach: »Nur immer in den Wald und ins Gebirg, wann Ihr Zeit habt, Herr König! als Jäger, als Pilger, als Gärtner, als Köhler, als Schäfer und Hirt, kurz in allen Wald- und Feld-Gestalten alle Berge und Täler in der Runde zwanzig und dreißig Meilen weit durchgewandert und durchgespäht! und wir werden unsre Königin endlich wohl finden. Ich für meinen Teil will auch nicht müßig sein und treu suchen helfen.«

Das glaubte denn Hilderich so gern und wanderte und ritt alle Berge und Täler rastlos auf und ab, und ließ keine Köhlerhütte und kein Hirtenhäuschen und Strohhalmdach, das er fand, unbesucht und unbegrüßt. Und er fand auch Frauen und Mädchen die Hülle und die Fülle, und auch recht feine und liebliche, aber was er suchte das fand er nicht. So war er eines Tages auch in die wilde Gegend gekommen, wo der alte weise Mann mit der Frau und ihren Töchtern wohnte. Und es traf sich, daß der Alte mit seiner Tochter auf die höchste Bergspitze geklommen war, damit er die Sonne jenseits auf dem Blachfelde untergehen sähe, und siehe! unsern suchenden König hatte seine Sehnsucht auch hieher geführt – und er sah Nanthilden und staunte vor Schrecken und Wonne. Aber in demselben Augenblick war sie auch weg. Denn der Alte schrie bei dem Anblick des Königs »Weh mir!« und riß sie wie ein Sturmwind mit sich dahin durch das dichteste Gebüsch hinab. Hilderich stand durch Staunen, Freude und Schrecken festgebannt, und ehe er sich besinnen konnte, ob sein Gesicht Traum oder Wirklichkeit gewesen, war auch keine Spur des geliebten Bildes mehr da.

Es ward Nacht und der König verlor sich die Nacht im Walde. Er suchte und ließ suchen – keiner fand das Tal, wo der Alte wohnte, und doch, glaube ich, ist vor den Spürenden und Suchenden kein Häslein oder Füchslein in seinem Lager geblieben. Doch war Hilderich glückselig, denn er konnte sich sagen: Ich habe sie wiedergesehen, und endlich werde ich sie wohl finden und behalten. Und damit tröstete ihn auch sein treuer Reginfrid. Viele aber haben gesagt, der Alte sei ein Zauberer gewesen, und darum habe niemand sein Häuschen und Gärtchen finden können. Das kann man aber nicht glauben; denn dann hätte er den Prinzen von sich und seiner Tochter doch wohl durch Zauberei wegbringen und fern halten können.

Der Alte, der aus den Augen des Königs Hilderich geschwinder als der Blitz mit seiner Tochter verschwunden war, hatte sich vor Schrecken und Ärger so erschüttert, daß er hart erkrankte und in wenigen Tagen eine Leiche war. Mit ihm war auch Nanthildens Glück gestorben. Die fremde Frau im Hause mit den beiden Töchtern, welche sie Mutter nannte, hatte sie gar nicht freundlich und mütterlich gemeint, aber sie hatte doch freundliche Gebärden gemacht und sich verstellt und gezwungen, als der alte Herr, den sie fürchtete, noch lebte. Kaum aber hatte er die Augen zugetan, so fuhren in sie und in ihre Töchter sieben Teufel der Bosheit, und sie brachten jetzt an den Tag, was sie sich früher nicht hatten merken lassen dürfen. Nanthilde, die schöne und unschuldige Nanthilde, das freundliche und sonnenscheinige Kind, das seines Vaters Liebling und Augapfel gewesen war, ward von den drei Greulichen zur gemeinen Küchenmagd, ja zum Aschenbrödel, erniedrigt, und litt es alles geduldig und war still und gehorsam, denn sie erinnerte sich der Worte ihres Vaters, die er gesprochen, als die Fremden zuerst in das Haus gekommen waren: »Nanthildchen, dies soll nun deine Mutter sein und ihr sollst du gehorsam sein.«

Die Frau, die eine recht tüchtige alte Wetterhexe war, was sie bisher immer versteckt hatte, freute sich, als der Alte gestorben war, und lachte, als Nanthildchen weinte. Sie legte sogleich ihre Hand auf den hinterlassenen reichen Schatz des alten Herrn, und ließ sich ein großes prächtiges Haus bauen und veränderte das ganze sonst so stille Leben in ein sehr lautes und lärmendes. Da kamen nun Kutscher und Diener und Kammerjungfern und Waschjungfern, und viele hundert Bergknappen wurden bestellt, welche die hohen Felsen durchbrechen und zersprengen und von ihrem prächtigen neuen Schlosse einen weiten und offenen Weg zu der großen Landstraße bahnen und legen mußten. Denn sie wollten nun auch große und glänzende Gesellschaft halten und Menschen sehen und von ihnen gesehen werden, und hatten die Einsamkeit bei dem Alten nur ertragen, weil sie mußten. Weil nun die Alte und ihre Töchter auf Nanthilden erzneidisch waren wegen der wunderbaren Lieblichkeit und Schönheit, womit Gott vom Himmel sie begabt hatte, so suchten sie sie auf alle Weise recht häßlich und garstig zu machen, damit sie wegen Schmutzes und Lotterlichkeit von niemand angesehen würde. Sie zogen ihr sogleich ihre schönen Kleider aus und schnitten ihr die langen blonden Locken ab und plünderten sie von allem ihrem Geschmuck und Geschmeide und gaben ihr schlechte Kleider und Hadern aus dem gröbsten und schwersten Werg, und ließen sie Winter und Sommer barfuß gehen; und sie mußte Holz hauen und Wasser tragen und Kessel und Töpfe scheuren und die Öfen heizen, und am Feuerherde in der Asche sitzen und liegen: denn auch ihr Stübchen und Bett hatten sie ihr genommen. Und sie sagten frohlockend bei sich: So wird sie wohl grau und runzlicht und häßlich werden und einen breiten und krummen Rücken und dicke und krumme Finger und plumpe und platte Füße bekommen, ja zuletzt viel greulicher werden als unsereins. Das letzte hätten sie auch sagen können, aber das sagten sie nicht. Der abscheuliche Neid und Haß gegen das fromme und freundliche Unschuldchen glühte aber in ihnen, weil sie selbst erzhäßlich waren. Und weil dies alles noch nicht genug war und sie immer noch schön blieb gegen ihnen wie der Tag gegen der Nacht, ließen sie sie fast hungern und dursten und gaben ihr nur Kleienbrod zu essen, womit die Hunde gefüttert werden, und geboten ihr sich nimmer zu waschen noch den Schmutz abzutun, sondern Haupt, Gesicht und Hände und Füße mit Asche und Staub zu beschütten und damit begrauen zu lassen, damit kein Aug die helle Rosenfarbe, womit Gott sie geschmückt hatte, sehen könnte. Und das alles tat und litt das liebe Kind geduldig und hieß in dem ganzen Hause bei der Herrschaft und Dienerschaft bald nur der dumme und häßliche Aschenbrödel.

Nur *einen* Trost hatte Nanthildchen, den durfte sie sich aber vor den Bösewichten nicht merken lassen; denn hätten sie ihn gewußt, so hätten sie ihr den auch wohl versperrt. Dieser Trost war die stille Nacht, die fromme und verschwiegene Freundin aller betrübten und zärtlichen Seelen. Wenn alles schlief und auch der schnurrende Kater auf dem Feuerherde seine Augen zugetan hatte, um die tote Mitternacht machte Aschenbrödel sich aus ihrem Schmutze auf, worin sie in der Asche liegen mußte, wusch sich Hände und Gesicht, zog sich ein weißes Hemd an und band sich eine weiße Schürze vor – und leise leise schlich sie durch den Garten hinaus an den Wald, wo ihr Vater unter einer grünen Buche begraben lag, und weinte und betete auf seinem Grabe, und schaute mit Augen der Sehnsucht und Liebe zu den ewigen Sternen hinauf, und dachte: Wird er jemals wiederkehren, den dein Vater seinen Todfeind nannte und der doch nicht wie ein Todfeind aussieht? wirst du den schönen Jüngling je wiedersehen, vor welchem du jüngst noch wie ein Blitz wegschießen und verschwinden mußtest? Bei diesem Gange durch die stille Nacht fand sie immer Trost und ward ihr lind und fröhlich ums Herz, und sie meinte, das sei eine Freude von oben, weil sie nach ihres Vaters Gebote so gehorsam war und alle Schmach so geduldig ertrug; und es war auch wohl eine Freude und ein Friede von Gott. Und das war auch wohl eine himmlische Gabe und eine Gnade Gottes, daß sie fast jede Nacht zwei drei Stunden so wachen und doch ihre viele Tagesarbeit verrichten konnte. Immer aber, wann sie in die Küche zurückkam, zog sie geschwindest ihre garstigen und zerrissenen Kleider wieder an und machte sich, damit ihre Plagerinnen nichts merkten, mit Asche und Schmutz scheußlich.

So mußte Aschenbrödel in Schmutz und Knechtschaft leben und ward oft und viel mit Schelten und Schlägen und Backenstreichen gemißhandelt und von jedermänniglich mit keinem andern Namen genannt und gerufen als »der häßliche dumme Aschenbrödel«. Sie schwieg aber geduldig und dachte: Gott wird es wohl wissen, warum ich dies leiden muß; und er weiß und tut alles am besten. Hätte aber einer es nur gewußt, der mächtigste Mann im ganzen Lande, wie geschwind würde dieser Glanz aus der Niedrigkeit und Verachtung erhoben sein! Gott aber wußte es wohl, und er schickte Aschenbrödel noch einen Trost, und das war ein sehr großer Trost.

Gleich den Tag nach ihres Vaters Begräbnis, als ihr die schönen Kleider vom Leibe gerissen und die langen blonden Locken abgeschnitten wurden und sie zur gemeinsten Magd eingekleidet und in die Asche hinabgestoßen ward, kam ein weißes Täubchen geflogen, das sonst nicht im Hause gewesen war, und baute sein Nest bei andern Tauben dicht über der Küchentüre, und wies sich, wenn es Aschenbrödel erblickte, immer sehr freundlich und munter, und schlug dann mit den Flügeln und girrte gar lustig. Und Aschenbrödel, die nun so einsam und verlassen war, gewann das weiße Täubchen bald sehr lieb, und es entspann sich eine besondere Freundschaft zwischen den beiden. Das kluge Täubchen aber ließ sich nichts merken, wann Aschenbrödel nicht allein war; denn wären die beiden Schwestern oder die Stiefmutter so etwas gewahr geworden, daß ihr das Täubchen lieb war, sie würden dem frommen Tierchen aus Bosheit augenblicklich den Kopf abgerissen haben. Darum hielt sich das Täubchen, das gewiß ein besonders kluges Vögelchen sein mußte, bei Tage unter den andern Tauben fast immer ganz stille. Nur wann Aschenbrödel draußen allein Holz haute oder Wasser trug oder allein in der Küche stand und an dem Feuerherde wirtschaftete, kam es geflogen und girrte und freuete sich, und aß die Brodkrumen und Erbsen, welche Aschenbrödel ihm aufgehoben hatte. Aber des Nachts, sobald Aschenbrödel aus der Türe ging in den Garten oder zu dem Grabe ihres Vaters, gleich war auch das weiße Täubchen da, und flog auch nicht von ihr sondern girrte und schmeichelte und streichelte mit dem Schnabel und mit den Flügeln, und saß auf Aschenbrödels Schoße und pickte ihr den Tau von ihren schönen Lippen und trank die Tränen, die aus ihren Augen flossen. Und Aschenbrödel hat das Täubchen über die Maßen lieb gewonnen und oft gesagt, indem sie es innig herzte und an sich drückte: »Mein liebes, liebstes, weißes Täubchen! hättest du nicht ein Federkleid an, ich könnte glauben, du wärest ein Engelein Gottes, welches das arme verlassene Nanthildchen trösten soll. Denn lieb und klug genug bist du dazu.« Das war aber noch das Besonderste an dem Täubchen, daß es, wann Aschenbrödel die Küche fegen und die Öfen und Zimmer putzen und das Holz auf dem Herd zurechtlegen und die Töpfe, Schüsseln und Teller scheuren mußte, immer mit dabei war und so emsig half, als wäre eine zweite Magd da gewesen. Alle Augenblicke flog sie dann zum Wassereimer und tauchte die beiden Flügel ein, wusch Schüsseln und Teller und säuberte Tische, Bänke und Fenster, ja die Flur fegte sie oft mit den beiden Flügeln rein und brauchte diese gleichsam als zwei Besen; so daß, wenn sie es im Hause klappern hörte und merkte, daß die Leute wach wurden und aufstanden, sie oft ganz schwarz und schmutzig von Aschenbrödel weggeflogen ist und sich an dem nächsten Bach hingesetzt und sich wieder weiß gewaschen hat. Ach! wie mußte der arme Aschenbrödel weinen, wenn er dies sah! wenn er sah, wie das Täubchen sich weiß waschen und auf dem Dache in die Sonne setzen und seine Flügelein trocknen konnte, und er das nicht durfte! Bei keiner Arbeit aber hat das Täubchen dem Aschenbrödel so flink und geschickt geholfen, als wenn er Erbsen, Linsen und Bohnen auszulesen hatte; da hat es mit seinem Schnäbelchen die schwarzen und wurmstichigen auf das geschwindeste wegzupicken verstanden.

König Hilderich, nachdem er das englische Bild, das jetzt in einen Aschenbrödel verwandelt war, in der ganzen Gegend ringsum vergebens gesucht hatte, ist endlich auch in dieses verborgenste Tal gekommen. Aber dort hat er kein kleines strohenes Haus mehr gefunden sondern da stand schon wie durch Zauberkünste in die Luft emporgestiegen ein prächtiges und schimmerndes Schloß. Und als die alte böse Hexe gehört hat »der König ist da!« ist sie mit ihren Töchtern hinausgetreten und hat den Herrn hereingeladen. Und sie haben sich alle auf das glänzendste geschmückt gehabt und von den Perlen und Demanten der schönen Sultanstochter gefunkelt. Und der König ist sehr freundlich und gnädig gewesen, wie der Könige Art ist; und sie haben bei sich gedacht: wenn er dich doch zu seiner Königin machte! denn das Gerücht war umher geflogen, er ziehe durch Berg und Tal umher und suche sich eine Braut. Und der König, der in den schönen Garten gehen wollte, der ihm fast vorkam wie der Garten, in welchem er seine süße Nanthilde zuerst erblickt hatte, hat auch Aschenbrödel gesehen, der draußen stand und Holzbündel klein hieb. Und er hat gefragt: »Wer ist das garstige und unglückliche Geschöpf mit den abgeschornen Haaren und den schmutzigen zerrissenen Kleidern, das da Holz haut?« und sie haben geantwortet: »Der garstige und dumme Aschenbrödel.« Aschenbrödel aber hat ihn sogleich erkannt und seine Worte gehört, und es ist ihr in der Seele gewesen, als solle sie antworten: Nein! Es ist nicht wahr! Aschenbrödel bin ich nicht sondern Nanthilde. Aber sie hat sich gedemütigt und geschwiegen und gedacht: Der Prinz ist nun der König, und was kümmert der sich um die arme kleine Nanthilde, mit welcher er einst gespielt hat und die nun in so abscheulichem

Schmutz vor ihm steht? Doch in ihrem Herzen hat sie in so bitterm Jammer geweint, daß ein Teufel mit ihr hätte Erbarmen haben können. Denn es war die unschuldigste und süßeste Liebe, die in ihr weinte.

In solchem Suchen war König Hilderich an manchen Ort gekommen, wohin er nicht gewollt hatte, und hatte manches häßliche Gesicht gesehen, welches er nicht verlangt hatte; aber das einzige, was er suchte und was für ihn in der Welt einzig war, konnte er immer noch nicht finden. Es saß ihm aber fest in seinem Herzen, sein Kleinod müsse in dieser Gegend irgendwo verborgen sein, wo es ihm zuletzt wie ein Engel des Himmels plötzlich erschienen und wieder verschwunden war. Nun begab sich eine Kleinigkeit, die sein krankes und sehnsüchtiges Herz in neue Flammen setzte und zu vielen prächtigen Festen und Tänzen Gelegenheit gab. Er fand einmal fast hart an der Stelle, wo er die holdseligste Sonnenuntergangserscheinung gehabt hatte und wo er manchen Abend und manche Nacht in wehmütiger Sehnsucht saß, einen weißen Schuh; und den Schuh hatte das süße Kind da in den Büschen stecken lassen, als ihr Vater sie so geschwind aus des Prinzen Anblick davon gerissen. Sogleich bildete er sich ein, der Schuh müsse von ihrem Fuße sein: »Denn welches Weib«, sprach er, »denn sie hätte ein Füßchen so fein und zart, daß es in diesen Schuh ginge?« Diesen Schuh zeigte er seinem Freunde dem treuen Ritter Reginfrid, und sagte: »Den Schuh habe ich wohl, aber immer fehlt mir noch der lebendige Fuß dazu, das süße englische Kind, wornach wir nun so manche Monate jagen. Hilf mir nun mit deinen klugen Gedanken, und laß uns sinnen, wie wir diesen Schuh füllen.« Und der alte Ritter rieb sich die Stirn und rollte seine Gedanken wie auf einer Mangel viel auf und ab und hin und her, dann rief er: »Ich hab's! ich hab's! und gelingt das nicht, so möchte ich glauben, alle Kunst sei am Ende. Und höre, Herr, was du tun sollst:

Sende Botschafter und Ehrenholde in alle Flecken, Dörfer und Städte ringsum aus und laß es durch die Hoftrompeter

ausblasen und durch die Hofzeitung verkündigen und auf alle Kirchen- und Rathaustüren nageln, du werdest glänzende und königliche Freibälle im grünen Walde halten während der schönen Sommerzeit, wo von allen schönen Prinzessinnen und Jungfrauen, die darauf erscheinen wollen, kostbare und rechte königliche Ehrenpreise gewonnen werden können; der höchste Preis aber solle derjenigen zufallen, die einen Fuß aufweisen könne der in den Schuh passe, der am Eingange des Ballsaales werde ausgehängt sein: der herrlichste Demant in ganz Europa, wohl zehn Millionen Dukaten wert. Laß aber dabei verkünden, es solle bei diesen Festen ganz ein buntes und mannigfaltiges und Sommerleben der Alter, Geschlechter und Farben sein, die fröhliche Gleichheit und Freiheit des Naturlebens, wie Lenz und Sommer sie bringen, und die Tochter des Schäfers so willkommen sein wie die Tochter des Grafen.«

Und dieser Vorschlag gefiel dem Könige wohl, und er hatte große Lauben gebaut mitten im Walde, und viele tausend Geiger und Pfeifer dazu bestellt, und viele Hunderttausende Frauen und Jungfrauen jedes Alters und Standes gesehen, arme und reiche und schöne und häßliche – und alle seine andern Preise war er los geworden, aber den besten Preis hatte er zu seinem Schmerz immer noch behalten. Denn wie viele Füße hatten in den Schuh treten wollen, aber keiner hatte hineingepaßt! Der König ließ dann nach diesen ersten Versuchen auch einen großen Laubsaal bauen oben auf dem Berge, wo er den Alten und Nanthilden gesehen hatte und ließ die Wege und Stege dahin bahnen und bereiten. Und der Abend des Festes kam und hunderttausend Fackeln und Lampen leuchteten durch den Wald bis ins tiefe Tal hinab, und jede Buche und Eiche schien ihren eigenen Mond zu haben, und viele tausend Musikanten spielten auf, so daß die kleinen Waldmusikanten, die Amseln, Drosseln, Finken und Nachtigallen, beschämt aus dem Reviere flohen. Und die alte Hexe und ihre Töchter lebten bei diesem Glanze und Klange gewaltig auf. Sie hatten sich zu diesem Feste die glänzendsten neuen

Kleider machen lassen und alle ihre besten Perlen und Juwelen ins Haar und vor die Brust gesteckt; aber wie sehr sie auch blitzten, schön wurden sie dadurch doch nicht sondern erleuchteten nur ihre Häßlichkeit. Die alte Hexe aber, als sie es von der Bergspitze herab funkeln sah und klingen hörte, schmunzelte bei sich: Hab ich es nicht gedacht? Gewiß er hat das Aug auf eine meiner Töchter geworfen – und Juchhe! sei fröhlich, Königin Mutter! denn warum hätte er seinen Ballsaal grade oben auf dem Berge gebaut, wenn er nicht verblümt sagen wollte: Kommt herauf und leuchtet, ihr Sterne der Schönheit, die ihr unten im Tale verborgen funkelt, und verdunkelt hier oben meine Fackeln und Kerzen? Und mit diesen stolzen Gedanken setzte sie sich mit ihren beiden Töchtern in den Wagen und sechs prächtige Schimmel trabten mit ihnen den Berg hinan.

Alles war aus dem Schlosse gelaufen, damit es die Herrlichkeit da oben mit ansähe. Aschenbrödel allein war zurückgeblieben – denn die alte Hexe hatte geboten: »Hüte mir das Schloß, Aschenbrödel, und weiche nicht von der Stelle« – und sie stand traurig in des Hauses Hintertüre und schaute mit wehmütiger Sehnsucht zu dem Glanze und Klange hinauf. Denn das *eine* Bild, das ihr in ihren Kindertagen an dem Gartenzaun erschienen war, blühete ewig in ihrem zärtlichen Seelchen. Und als sie so einsam und traurig da stand, flog gleich das weiße Täubchen zu ihr hinab, und setzte sich auf ihre Schulter, und streicheite ihr mit den weichen Flügeln die Wangen, und sah ihr so wunderfreundlich in die sehnsüchtigen Augen. Und es war ihr, als redete das Täubchen mit ihr und flüsterte ihr zu: »Was stehst du hier so traurig? geh doch auch hinauf und schau zu, und sieh den geliebten König, den schönsten und ritterlichsten aller Männer. Du kannst dich ja so verkleiden, daß niemand dich kennen kann.« Und Nanthildchen kam große Lust an, und sie ging und suchte, ob sie noch wohl Kleider hätte, wovon die alte Hexe ihre Stiefmutter nichts wüßte. Doch wie viel sie umher suchte, alles hatten die Bösen und Neidischen ihr weggenommen, sie fand nichts

Gutes und Nettes, und weinte bitterlich. Als sie nun so in traurigen Gedanken einherging und im Gefühl ihres Elends das Köpfchen hangen ließ, leuchtete ihr auf einmal von einem Stuhle etwas Schimmerndes entgegen, und sie erblickte erstaunt das schönste rote Ballkleid und eine Maske dabei und weiße seidene Strümpfe und Schuhe. Und nun säumte sie nicht lange, fragte auch nicht, wie es dahin gekommen noch wer es gebracht habe, sondern ging hin, wusch sich, kämmte sich, kleidete sich, spiegelte sich, und lief flugs auf geschwindesten Füßen der Liebe den Berg hinan. Und das weiße Täubchen flog mit ihr bis dicht vor den Saal, und girrte und klatschte mit den Flügeln in einem fort, als wollte es sagen »Glückauf! Glückauf!« Dann flog es ins Tal zurück.

Und zitternd und bebend vor Freude und Schüchternheit trat Aschenbrödel in den Saal, wo viele Tausende im buntesten Gewimmel sich durch einander drängten. Sie aber wollte nichts als ihren geliebten König Hilderich sehen; und sie sah ihn viel und freute sich in ihrem Herzen. Aber sie stellte sich immer so, daß er sie nicht sehen konnte. Er aber ging und schaute rings umher, und schaute am meisten immer nach den Füßen; denn er hoffte, aus dem Schuh werde ihm das Glück kommen. Und es ist wahr, Aschenbrödel hatte, als er hereintrat, auch den Schuh besehen, und sogleich erkannt, daß es sein verlorner Schuh war, und sich erstaunt und bestürzt aber auch gefreut, daß der König ihn gefunden und so großen Preis auf seinen Fuß gesetzt hatte. Aber demütig in seinem Herzen, ließ es sich nichts merken; denn es sagte: »Was sollte ich mit dem herrlichen Demant, wenn ich ihn auch gewönne? denn die böse Stiefmutter würde mir ihn gewiß wegnehmen, und mich künftig nur desto baß dafür plagen, und auch deswegen, weil ich ohne ihre Erlaubnis das Haus verlassen habe.« Endlich aber ist der König Nanthilden gewahr worden, und da er auf die hohe schlanke Gestalt geschaut, sind plötzlich alle Leute um sie her vor Ehrfurcht ausgewichen, und er hat nun auch die zartesten aller Füße gesehen und vor Freuden außer sich gerufen: »Welche Füße!

das ist sie! das ist sie!« Nanthilde aber ist erschrocken, und hat sich schnell in den dichtesten Haufen hinein geflüchtet, und so in geschwindester Eile aus dem Saal heraus und durch den Wald zum Hause. Der König hat aber in dem ganzen Saal und draußen unter allen Blumen und in allen Büschen nach der schönen roten Maske gesucht und suchen lassen; aber keiner hatte nur die Spur von ihr gesehen, und sie fanden sie nicht.

Als es ein Uhr nach Mitternacht war, da ist trompetet und ausgerufen worden: »Jetzt beginnt die Schuhprobe, und der große Demant kann gewonnen werden.« Es sind aber die meisten Frauen und Mädchen beschämt weggegangen, weil sie verzweifelten ihre Füße in jenen weißen hineinpressen zu können. Nur einige sind geblieben und diese haben sich zerquält und zermartelt, aber keine hat den Fuß hineinzwingen können. Auch die alte Hexe mit ihren beiden Töchtern ist geblieben, und sie hat bei sich gesprochen: Gewiß sucht er eine Braut, und dieser Schuh soll ihm ein Zeichen sein; denn Könige und Prinzen haben oft die wunderlichsten Einfälle und sind nicht selten von der Wiege an durch Sterndeuter und Wahrsager auf dergleichen Sonderlichkeiten hingewiesen. Aus einer bloßen Grille schenkt man keinen Demant weg, der viele Millionen wert ist. Und sie ist seitwärts gegangen mit ihren beiden Töchtern und hat ihnen die Zehen abgeschnitten, daß die Füße kürzer würden. Denn was schadet's, sagte sie, wenn man nur den kostbaren Demant gewinnt oder gar Königin wird? Sie hatte aber rote Strümpfe über den frischen Schaden gezogen, damit nichts gemerkt werden könnte. Und endlich kamen sie auch an den Schuh, und wie viel sie ihn auch zerrten und zwängten, die Füße wollten nicht hinein, sie waren und blieben viel zu breit. Der König aber und Reginfrid, die bei dem Schuh standen, hatten bei diesen und bei andern das Blut durch die Strümpfe greinen sehen und gedacht: Was doch die Eitelkeit und Habsucht tut! Der König ließ aber sogleich ausblasen und trompeten, daß, wer gefunden würde, daß sie sich den Fuß verkürzte, damit er in den Schuh ginge, die solle als eine gemeine Übeltäterin, welche die Königliche Majestät habe betrügen wollen, gerichtet werden. Und die alte Hexe und ihre Töchter hatten dies noch ausrufen gehört, als sie in den Wagen stiegen, und waren mit Schrecken und großer Angst eilends den Weg zu ihrem Schlosse herunter gefahren. Es kam auch nach dieser Verkündigung von dem Könige Schrecken über viele, und keine einzige Tänzerin trat mehr zur Schuhprobe heran, und das Spiel war für diesen Abend vorbei.

Traurig und erschrocken kam die alte Hexe mit ihren Töchtern heim; und Aschenbrödel lag schon wieder in seinem Schmutz und in der Asche, und von der Herrlichkeit des Balles und von der roten Maske war auch keine Spur mehr an ihr. Die Alte aber mußte ihren Töchtern ganz stillchen die Füße verbinden und durfte sich von dem Unglück nichts merken lassen. Und die drei gingen gar betrübt zu Bett und ächzten und stöhnten jämmerlich wegen der abgeschnittenen Zehen. Als nun alles im Hause still ward und die Lichter sich auslöschten, machte Aschenbrödel sich nach ihrer Gewohnheit auf, wusch sich und zog ihre reinen linnenen Kleider an, und ging sich auf ihres Vaters Grab unter der Buche setzen. Ihr war aber außerordentlich unruhig, beklommen und wehmütig um das Herz, doppelt wehmütig, weil oben auf dem Berge noch alle Kerzen und Lampen brannten. O wie viele Kerzen brannten und leuchteten auch in ihr!

Eben so brannte und leuchtete es auch in dem Könige. Als Trompeten und Saitenspiel schwiegen und der letzte Jubel des Festes in einzelnen matten Tönen zu verhallen begann, ging er ein nächtlicher Wandrer unter den Fackeln und Lampen dahin und rief: »O menschliche Jämmerlichkeit und Nichtigkeit! allen diesen Glanz kann ein Wort von mir entzünden und auslöschen und sich in eitlem Stolz gebärden, als könne er auch Sonnen und Sterne machen – und ach! das einzige Licht kann ich nicht machen, wobei ich die dunkle Unbekannte und doch so Bekannte, die ich nun so lange schon vergebens suche, finden könnte.« Und er eilte mit fliegenden Schritten voll trauriger Unruhe aus dem Glanze und suchte den Pfad abwärts in den Wald hinein, wo es dunkler war. Und so war er in den Garten gekommen bei Aschenbrödels Schlosse und hatte dort eine Weile in stiller Trauer mit allen Bäumen und Blumen gesprochen, bis das Morgenrot im Ost hernieder zu dämmern begann. Da erschien ihm das liebe Kind im weißen linnenen Gewande gleich einem nächtlichen Geiste von fern auf dem Grabe knieend und betend. Und er schlich sich sanft hin, bei sich sprechend: Ich muß doch sehen, was das Wesen da ist, das auch die Einsamkeit sucht. Und er ist gar leise hinzugeschlichen und hat hinter Büschen gelauscht, daß sie ihn nicht erblickte. Aber was hat er sich erlauscht? Als das Kind sich aufgerichtet, um heimzugehen, und die Augen aufgeschlagen, da hat er den Stern der Schönheit gesehen, wornach er so lange vergebens gespäht, und ist vor das Kind getreten und hat es angeschaut und gesprochen: »Wohin eilst du so, Nanthildchen? kennst du denn deinen alten Spieler nicht mehr, dem du den schönen Blumenstrauß geschenkt hast?« Und sie hat laut aufgeschrieen vor Freude und vor Schmerz, und bestürzt und erschrocken wieder davon eilen wollen. Er hat sie aber nun nicht entfliehen lassen sondern ihre Hände gefaßt und gestreichelt und geschmeichelt und geküßt, und ihr so liebe freundliche Worte zugesprochen, daß sie gern geblieben ist. Und sie haben an des Vaters Grabe mit Entzücken gesessen und Himmel und Erde mit einander vergessen. Und die Sonne stand schon hoch am Himmel, und sie dachten nicht daran, ob es Tag oder Nacht war. Da hat es mit scharfem Klang aus dem Schlosse geklungen: »Aschenbrödel! Aschenbrödel! wo bist du?« und Nanthildchen ist bei diesem Rufe zusammengefahren und erschrocken aufgesprungen, und hat gesagt: »Laß mich! ich muß gehen.« Denn jene Stimme war ihren Ohren eine fürchterliche Gewohnheit geworden. Der König aber erstaunt hat sie gefragt, was das sei, das sie so in Angst jage? und sie hat ihm geantwortet: »Ich bin jener Aschenbrödel, den du in so schändlichem Zustande in unserm Schlosse gesehen hast; und jetzt begreife ich wohl, daß sie mich so unter Schmutz und Elend versteckt haben, damit du mich nicht kennen solltest.« Und der König hat noch viel mehr gefragt, und sie hat ihm nun den ganzen Jammer erzählt, wie er seit ihres Vaters Tode ihr widerfahren. Der König, nachdem er alles von ihr gelernt, hat dann im Grimm gerufen: »Scheußlich! abscheulich! Für jedes Goldhaar, das sie in deinen Locken dir abgeschnitten, soll ein Faden genommen werden, und drei lange Stricke will ich draus machen und die drei Unholdinnen lebendig an Pferdeschweife binden und zu Tode schleifen lassen! – Ja brennen sollen sie! lichterloh brennen! und ihre Asche soll in alle Winde verstreut werden!« Aber Nanthildchen ist ihm in die Rede gefallen und hat gebeten: »O mein König und Herr! vergib, vergib ihnen! um meiner Liebe und um Gottes Gnade und Glücks willen vergib ihnen! Es ist ja nun alles gut, und ich bin nicht mehr der Aschenbrödel.« Und sie hat so lange gebeten, bis er es ihr zugesagt.

Und darauf ging der König mit ihr hinab an das Schloß, und rief der alten Hexe. Und sie kam und erschrak sehr, als sie den König erblickte; denn sie glaubte, er wolle ihren Töchtern die Füße besehen, was es mit ihren Zehen für eine Bewandtnis habe und wie der weiße Schuh so mit Blut vollgelaufen gewesen. Die Armen lagen aber ächzend und wimmernd im Bette und hatten vor Schmerzen die ganze Nacht kein Aug zutun können. Noch mehr aber erschrak die alte Hexe, als sie Aschenbrödel weiß und hell wie die junge Morgensonne in weißen linnenen Kleidern neben dem Könige stehen sah. Und schon wollte sie finster schauen und schelten, aber sie faßte sich geschwind und bezwang ihren grimmen Mut so weit, daß sie ihr Gesicht zu einem leidigen Lächeln zusammenzerrte und mit den Knieen bis zur Erde tiefste Verbeugungen knixte. Der König aber sah ernst und zornig auf sie, nahm Nanthilden bei der Hand und sprach: »Schau her! dies ist meine Gebieterin und Braut, du aber bist eine Erzbübin und Teufelin, und würdest mit deinen Töchtern zu Asche verbrannt und in alle vier Winde geworfen werden, wenn dieser dein Aschenbrödel nicht so freundlich wäre und für ihre

Plagerinnen gebeten hätte.« Und die Alte fiel Nanthilden zu Füßen und umklammerte ihre Kniee und schrie: »Gnade! Gnade!« Der König aber sprach: »Fort von hier! die Luft, wovon dieser Engel gelebt hat, soll von eurem Atem nicht länger verpestet werden. Zum dritten Male darf die Sonne dich und deine verruchten Töchter nicht mehr bescheinen! Deine Schätze und die Juwelen und Demanten, die du dir diebisch gestohlen und dieser deiner Herrin entwendet – dies und alles andre magst du mitführen; aber dies Tal, wo wir das freundliche Strohhäuschen der Liebe wieder aufbauen wollen, dürfen deine verbrecherischen Augen nimmer wieder sehen.«

Und der König ging zornig aus dem Hause des Unglücks, von welchem nach wenigen Tagen kein Stein mehr auf dem andern war, und führte sein Herzallerliebstes mit sich den Berg hinan. Und das treue weiße Täubchen hat auch nicht hinten bleiben gewollt und ist mitgeflogen, und Nanthilde hat es freundlich auf die Hand genommen. Und das Täubchen ist nimmer wieder von ihr weggeflogen sondern bei ihr geblieben bis an ihr Lebensende, und hat in späteren Tagen auf den Wiegen ihrer Kindlein gesessen und sie umgirrt und mit ihnen gespielt; am fröhlichsten aber ist es gewesen, wenn der König und seine Königin nach dem kleinen Strohhäuschen im Tale gefahren sind und wenn es dort im Blumengarten hat herumflattern können. Das ist aber das Sonderbarste gewesen: als Nanthilde endlich nach vielen Jahren selig gestorben, da ist auch das weiße Täubchen verschwunden und an den bekannten und geliebten Orten nimmermehr gesehen worden.

Wir erzählten, wie der König seine geliebte Braut von dem Schlosse den Berg hinauf führte. Von da nahm er sie mit in seine Stadt und in seine Königsburg, und zeigte sie bald allem Volk als seine Königin. Und alle Menschen, welche sie sahen, sagten, es sei die allerschönste Prinzessin, die je auf der Erde gelebt habe. Das hat er aber auch gelernt aus den Papieren ihres Vaters, welche die alte Hexe ihm schickte, daß sie eine königliche Prinzessin der Franken und seine Muhme war.

Und er hat sich dieses Fundes gefreut und gesprochen: »Wir wollen den Haß und Mord der Geschlechter für alle ewige Zeiten durch Liebe versöhnen.«

Und sie haben beide Wort gehalten, und hat nie ein glücklicheres und sieghafteres Menschenpaar auf Erden gelebt. Als Nanthilde aber schon eine große und mächtige Königin war, ist sie doch fleißig zu dem Gärtchen gefahren, wo sie als Kind gespielt und wo ihr König und Gemahl sich das strohene Häuschen gebaut hatte; und auch zu jenem zweiten Gärtchen, wo nach Austreibung der alten Hexe ein zweites Häuschen wieder gebaut worden war. Bei diesem Gärtchen hat sie neben der Buche an ihres Vaters Grabe eine Kirche gebaut, wo sie oft in Andacht gebetet und sich in Freude der alten Zeiten und in Demut der Nichtigkeit und Hinfälligkeit aller irdischen Güter erinnert hat.

Und sie und König Hilderich haben viele Jahre mit einander gelebt und einen Sohn gezeugt, der hieß Dagobert, zu deutsch »Lichthell«, und ist in seiner Zeit ein großer und gewaltiger König geworden. Und Aschenbrödel ist zu einem sehr hohen Alter gelangt und ist endlich selig gestorben und in dem Kirchlein an der grünen Buche begraben. Und nun weiß keiner die Stelle mehr, und Gärtchen und Häuschen und Kirche und Buche sind lange von der Erde verschwunden, aber die Geschichte von Aschenbrödel haben alle Menschen erzählen gehört.

Rattenkönig Birlibi

Ich will die Geschichte erzählen von dem Rattenkönig Birlibi, eine Geschichte, die mir Balzer Tievs aus Preseke oft erzählt hat nebst vielen andern Geschichten. Balzer war ein Knecht, der auf meines Vaters Hofe diente, als ich acht, neun Jahre alt war, ein Mensch von schalkischen Einfällen, der viele Geschichten und Märchen wußte. Die Geschichte von dem Rattenkönig Birlibi lautet also:

In dem stralsundischen Dorfe Alten Camp, welches zwischen Gartz und Putbus seitwärts am Strande liegt, hat vormals ein reicher Bauer gelebt, der hieß Hans Burwitz. Das war ein ordentlicher kluger Mann, dem alles, was er angriff, geriet, und der im ganzen Dorfe die beste Wehr hatte. Er hatte sechzehn Kühe, vierzig Schafe, acht Pferde und zwei Füllen auf dem Stalle und in den Koppeln, glatt wie die Äle und von so guter Zucht, daß seine Füllen auf dem Berger Pferdemarkt immer zu acht bis zehn Pistolen das Stück bezahlt wurden. Dazu hatte er sechs hübsche Kinder, Söhne und Töchter, und es ging ihm so wohl, daß die Leute ihn wohl den reichen Bauer zu Alten Camp zu nennen pflegten. Dieser Mann ist durch nächtliche Gänge im Walde um all sein Vermögen gekommen.

Hans Burwitz war auch ein starker Jäger, besonders hatte er eine treffliche Witterung auf Füchse und Marder, und war deswegen oft des Nachts im Walde, wo er seine Eisen gelegt hatte und auf den Fang lauerte. Da hat er im Dunkeln und im Zwielichte der Dämmerung und des Mondenscheins manche Dinge gesehen und gehört, die er nicht wiedererzählen mochte, wie denn im Walde des Nachts viel Wunderliches und Absonderliches vorgeht; aber die Geschichte von dem Rattenkönig Birlibi hat man von ihm erfahren. Hans Burwitz hatte in seiner Kindheit oft von einem Rattenkönig erzählen hören, der eine goldene Krone auf dem Kopfe trage und über alle Wiesel, Hamster, Ratten, Mäuse und anderes dergleichen springinsfeldisches und leichtes Gesindel herrsche und ein gewaltiger Waldkönig sei; aber er hatte nie daran glauben wollen. Manches liebe Jahr war er auch im Walde auf Fuchs- und Marderfang und Vogelstellerei rundgegangen und hatte vom Rattenkönig auch nicht das mindeste weder gesehen noch gehört. Da mochte der Rattenkönig aber wohl in einer anderen Gegend sein Wesen getrieben haben. Denn er hat viele Schlösser in allen Ländern unter den Bergen und zieht beinahe jedes Jahr auf ein anderes Schloß, wo er sich mit seinen Hofherren und Hofdamen erlustigt. Denn er lebt wie ein sehr vornehmer Herr und der Großmogul und König von Frankreich kann keine bessere Tage haben und die Königin von Antiochien hat sie nicht gehabt, die ihr Vermögen in Herzen von Paradiesvögeln und Gehirn von Nachtigallen aufgefressen hat; und das glaube nur nicht, daß dieser Rattenkönig und seine Freunde Nüsse und Weizenkörner und Milch je an ihren Schnabel bringen, nein Zucker und Marzipan ist ihr tägliches Essen und süßer Wein ist ihr Getränk und leben besser als König Salomo und Feldhauptmann Holofernes.

Nun ging Hans Burwitz wieder einmal nach Mitternacht in den Wald und war auf der Fuchslauer. Da hörte er aus der Ferne ein vielstimmiges und kreischendes Getöse, und immer klang mit heller Stimme heraus: »Birlibi! Birlibi! Birlibi!« Da erinnerte er sich des Märchens vom Rattenkönig Birlibi, das er oft gehört hatte, und er dachte: willst mal hingehen und zusehen, was es ist? denn er war ein beherzter Mann, der auch in der stockfinstersten Nacht keine Furcht kannte. Und er war schon auf dem Sprunge zu gehen, da bedachte er das Sprichwort: »Bleib weg, wo du nichts zu tun hast, so behältst du deine Nase«; aber das »Birlibi« tönte ihm nach, solange er im Walde war. Und die andere Nacht und die dritte Nacht war es wieder eben so. Er aber ließ sich nichts anfechten und sprach: »Laß den Teufel und sein Gesindel ihr tolles Wesen treiben, wie sie wollen! sie können dem nichts tun, der sich nicht mit ihnen abgibt.« Wollte Gott, Hans hätte es immer so gehalten! Aber die vierte Nacht hat es ihn übermächtigt und er ist wirklich in die bösen Stricke geraten.

Es ist der Walpurgisabend gewesen und seine Frau hat ihn gebeten, er möge diese Nacht nur nicht in den Wald gehen, denn es sei nicht geheuer und alle Hexenmeister und Wettermacherinnen seien auf den Beinen, die können ihm was antun; denn in dieser Nacht, die das ganze höllische Heer loslasse, sei schon mancher Christenmensch zu Schaden gekommen. Aber er hat sie ausgelacht und hat es eine weibische Furcht genannt und ist seines gewöhnlichen Weges in den Wald gegangen, als die andern zu Bett waren. Da ist ihm aber der König Birlibi zu mächtig geworden. Anfangs war es diese Nacht im Walde eben wie die vorigen Nächte, es tosete und lärmte von fern, und das »Birlibi« klang hell darunter; und was über seinem Kopfe durch die Wipfel der Bäume schwirrte und pfiff und rauschte, das kümmerte Burwitz nicht viel, denn an Hexerei glaubte er gar nicht und sagte: es seien nur Nachtgeister, wovor dem Menschen graue, weil er sie nicht kenne, und allerlei Blendwerke und Gaukeleien der Finsternis, die dem nichts tun können, der keinen Glauben daran habe. Aber als es nun Mitternacht ward und die Glocke zwölf geschlagen hatte, da kam ein ganz anderes »Birlibi« aus dem Walde hervor, daß Hansen die Haare auf dem Kopfe kribbelten und sauseten und er davon laufen wollte. Aber die waren ihm zu geschwind und er war bald mitten unter dem Haufen und konnte nicht mehr heraus.

Denn als es zwölf geschlagen hatte, tönte der ganze Wald mit einem Male wie von Trommeln und Pauken und Pfeifen und Trompeten und es war so hell darin, als ob er plötzlich von vielen tausend Lampen und Kerzen erleuchtet worden wäre. Es war aber diese Nacht das große Hauptfest des Rattenkönigs und alle seine Untertanen und Leute und Mannen und Vasallen waren zur Feier desselben aufgeboten. Und es schienen alle Bäume zu sausen und alle Büsche zu pfeifen und alle Felsen und Steine zu springen und zu tanzen, so daß

Hansen entsetzlich bange ward; aber als er weglaufen wollte, verrannten ihm so viele Tiere den Weg, daß er nicht durchkommen konnte und sich ergeben mußte, stehen zu bleiben, wo er war. Es waren da die Füchse und die Marder und die Iltisse und Wiesel und Siebenschläfer und Murmeltiere und Hamster und Ratten und Mäuse in so zahlloser Menge, daß es schien, sie waren aus der ganzen Welt zu diesem Feste zusammengetrommelt. Sie liefen und sprangen und hüpften und tanzten durch einander, als ob sie toll waren; sie standen aber alle auf den Hinterfüßen und mit den Vorderfüßen trugen sie grüne Zweige aus Maien und jubelten und toseten und heulten und kreischten und pfiffen jeder auf seine Weise. Kurz es war das ganze leichte Diebsgesindel der Nacht beisammen und machten gar ein scheußliches Geläute und Gebimmel und Getümmel durch einander. In den Lüften ging es ebenso wild als auf der Erde, da flogen die Eulen und Krähen und Käuze und Uhus und Fledermäuse und Mistkäfer bunt durch einander und verkündigten mit ihren gellenden und kreischenden Kehlen und mit ihren summenden und schwirrenden Flügeln die Freude des hohen Tages.

Als Hans erschrocken und erstaunt sich mitten in dem Gewimmel und Geschwirr und Getöse befand und nicht wußte, wo aus noch ein, siehe da leuchtete es mit einem Male heller auf und nun sangen viele tausend Stimmen zugleich, daß es in fürchterlich grauslicher Feierlichkeit durch den Walde schallte und Hansen das Herz im Leibe bebte:

Macht auf! macht auf! macht auf die Pforten!
Und wallet her von allen Orten.
Geladen seid ihr allzugleich;
Der König ziehet durch sein Reich.

Ich bin der große Rattenkönig.
Komm her zu mir, hast du zu wenig!
Von Gold und Silber ist mein Haus,
Das Geld meß ich mit Scheffeln aus.

So klang es im feierlichen und langsamen Gesange fort und dann schallten immer wieder einzelne kreischende und gellende Stimmen mit widerlichem Laute darunter »Birlibi! Birlibi!« und die ganze Menge rief »Birlibi!« nach, daß es durch den Wald schallte. Und es war der Rattenkönig, welcher einhergezogen kam. Er war ungeheuer groß wie ein Mastochs und saß auf einem goldenen Wagen und hatte eine goldene Krone auf dem Haupte und hielt ein goldenes Zepter in der Hand, und neben ihm saß seine Königin und hatte auch eine goldene Krone auf und war so fett, daß sie glänzte; und sie hatten ihre langen kahlen Schwänze hinter sich zusammengeschlungen und spielten damit, denn ihnen war sehr wohlig zu Mute. Und diese Schwänze waren das Allerscheußlichste, was man da sah; aber der König und die Königin waren auch scheußlich genug. Und der Wagen, worin sie saßen, ward von sechs magern Wölfen gezogen, die mit den Zähnen fletschten, und zwei lange Kater standen als Heiducken hinten auf und hielten brennende Fackeln und miauten entsetzlich. Dem Rattenkönig und der Rattenkönigin war aber vor ihnen nicht bange: sie schienen hier zu gewaltige Herren und Könige über alle zu sein. Es gingen auch zwölf geschwinde Trommelschläger dem Wagen voran und trommelten. Das waren Hasen: die müssen die Trommel schlagen und andern Mut machen, weil sie selbst keinen haben.

Hansen war schon bange genug gewesen, jetzt aber, als er den Rattenkönig und die Rattenkönigin und die Wölfe und Kater und Hasen so mit einander sah, da schauderte ihm die Haut auf dem ganzen Leibe und sein sonst so tapferes Herz wollte fast verzagen und er sprach bei sich: Hier mag der Henker länger bleiben, wo alles so wider die Natur geht! Ich habe auch wohl von Wundern gelesen und gehört, aber sie gingen doch immer etwas natürlich zu. Daß dies aber buntes Teufelsspiel ist und teuflisches Pack, sieht man wohl. Wer nur heraus wäre!

Und Hans machte noch einen Versuch, sich heraus zu drängen, aber der Zug brauste immer frisch fort durch den

Wald, und Hans mußte mit. So ging es, bis sie an eine äußerste Ecke des Waldes kamen. Da war ein offenes Feld und hielten viele hundert Wagen, die mit Speck und Fleisch und Korn und Nüssen und anderen Eßwaren beladen waren. Einen jeden Wagen fuhr ein Bauer mit seinen Pferden, und die Bauern trugen die Säcke Korn und das Speck und die Schinken und Mettwürste und was sie sonst geladen hinab in den Wald, und als sie Hans Burwitz stehen sahen, riefen sie ihm zu: »Komm! hilf auch tragen!« und Hans ging hin und lud mit ab und trug mit ihnen, er war aber so verwirrt, daß er nicht wußte, was er tat. Es deuchte ihm aber in dem Zwielichte, als sehe er unter den Bauern bekannte Gesichter, und unter andern den Schulzen aus Krakewitz und den Schmied aus Kasnewitz; er ließ sich aber nichts merken und jene taten auch wie unbekannte Leute. Mit den Bauern aber hatte es die Bewandtnis: sie hatten sich dem Rattenkönige und seinem Anhange zum Dienst ergeben und mußten ihnen in der Walpurgisnacht, wo des Rattenkönigs großes Fest steht, immer den Raub zu dem Walde fahren, den Rattenkönigs Untertanen einzeln aus allen Orten der Welt zusammengemaust und zusammengestohlen hatten. Und Hans kam nun auch ganz unschuldig dazu und wußte nicht wie. So wie die Säcke und das andere in den Wald getragen wurden, war das wilde Diebsgesindel darüber her, und es ging Grips! Graps! und Rips! Raps! hast du mich nicht gesehen, und jeder griff zu und schleppte sein Teil fort, so daß ihrer immer weniger wurden. Der König aber hielt noch da, in seinem hohen und prächtigen Wagen und es tanzten und tosten und lärmten noch einige um ihn. Als aber alle Wagen abgeladen waren, da kamen wohl hundert große Ratten und gossen Gold aus Scheffeln auf das Feld und auf den Weg, und sangen dazu:

Hände her! Mützen her!
Wer will mehr? wer will mehr?
Lustig! lustig! heut geht's toll,
Lustig! Händ und Mützen voll!

Und die Bauern fielen wie die hungrigen Raben über das ausgeschüttete Gold her und griffelten und graffelten und drängten und stießen sich, und jeder raffte so viel auf von dem roten Raube, als er habhaft werden konnte, und Hans war auch nicht faul und griff rüstig mit zu. Und als sie in bester Arbeit waren wie Tauben, worunter man Erbsen geworfen, siehe da krähete der Morgenhahn, wo das heidnische und höllische Reich auf der Erde keine Macht mehr hat – und in *einem* Hui war alles verschwunden, als wäre es nur ein Traum gewesen, und Hans stand ganz allein da am Walde. Und der Morgen brach an und er ging mit schwerem Herzen zu Hause. Er hatte aber auch schwere Taschen und schönes rotes Gold darin, das schüttete er nicht aus. Seine Frau war ganz ängstlich geworden, daß er so spät zu Hause kam, und sie erschrack, als sie ihn so bleich und verstört sah, und fragte ihn allerlei. Er aber fertigte sie nach seiner Gewohnheit mit Scherz ab und sagte ihr nicht ein Sterbenswörtchen von dem, was er gesehen und gehört hatte.

Hans zählte sein Gold – es war ein hübsches Häuflein Dukaten – legte es in den Kasten und ging die ersten Monate nach diesem Abenteuer nicht in den Wald. Er hatte ein heimliches Grauen davor. Dann vergaß er, wie es dem Menschen geht, die Walpurgisnacht und ihr schauerliches und grauliches Getümmel allmählich und ging nach wie vor im Mond- und Sternenschein auf seinen Fuchs- und Marderfang. Von dem Rattenkönig und seinem Birlibi sah und hörte er nichts mehr und dachte zuletzt selten daran. Aber als es gegen den Frühling ging, veränderte sich alles, er hörte zuweilen um die Mitternacht wieder das »Birlibi« klingen, daß seine mattesten Haare auf dem Kopfe ihm lebendig wurden, und lief dann zwar immer geschwinde aus dem Walde, hatte aber dabei doch seine heimlichen Gedanken auf die Walpurgisnacht; und weil das, was die Menschen bei Tage denken, ihnen bei Nacht im Traume wiederkommt und allerlei spielt und spiegelt und gaukelt, so blieb auch der Rattenkönig mit seiner Nachtgaukelei nicht aus, und Hans träumte oft, als stehe der

Rattenkönig vor seiner Türe und klopfe an; und er machte ihm dann auf, und sah ihn leibhaftig, wie er damals in dem Wagen gesessen, und er war nun ganz von lauterem Golde und auch nicht so häßlich, als er ihm damals vorgekommen, und Rattenkönig sang ihm mit der allersüßesten Stimme, von der man nicht glauben sollte, daß eine Rattenkehle sie haben könnte, den Vers vor:

Ich bin der große Rattenkönig,
Komm her zu mir, hast du zu wenig!
Von Gold und Silber ist mein Haus,
Das Geld meß ich mit Scheffeln aus.

Und dann kam er dicht zu ihm heran und flüsterte ihm ins Ohr: »Du kommst doch wieder zur Walpurgisnacht, Hans Burwitz, und hilfst Säcke tragen und holst dir deine Taschen voll Dukaten?« Zwar hatte Hans, wann er aus solchen Träumen erwachte, neben der Freude über das Gold immer ein Grauen, und er sprach dann wohl: »Warte nur, Prinz Birlibi, ich komme dir nicht zu deinem Feste!« Aber es ging ihm, wie es andern Leuten auch gegangen ist, und das alte Sprichwort sollte an ihm auch wahr werden: »Wen der Teufel erst an einem Faden hat, den führt er auch wohl bald am Strick.« Genug, je näher die Walpurgisnacht kam, desto mehr wuchs in Hans die Gier, auch dabei zu sein. Doch nahm er sich fest vor, dem Bösen diesmal nicht den Willen zu tun, und ging den Walpurgisabend auch glücklich mit seiner Frau zu Bett. Aber er konnte nicht einschlafen, die Wagen mit den Säcken und die Bauern und die großen Ratten, die das Gold aus Scheffeln auf den Boden schütteten, fielen ihm immer wieder ein, und er konnte es nicht länger aushalten im Bette, er mußte aufstehen und sich von der Frau fortschleichen und in den finstern Wald laufen. Und da hat er diese zweite Nacht eben so wieder erlebt, als das erste Mal. Er hatte sich ein Säckchen mitgenommen für das Gold und hatte auch viel reichlicher eingesammelt, als das vorige Jahr.

Nun deuchte ihm, habe er des Goldes genug, und er tat

einen hohen Schwur, er wolle sich nimmer wieder in die Versuchung geben, und auch nie wieder in den Wald gehen. Und er hat den Schwur gehalten und sich selbst überwunden, daß er nicht in den Wald gegangen ist und keine Walpurgisnacht wieder mitgehalten hat, so oft ihm auch noch von dem Birlibi und dem goldenen Rattenkönige geträumt hat. Er hat das aber nicht in seinem Herzen sitzen lassen sondern hat es mit eifrigem Gebet wieder ausgetrieben und den Bösen endlich müd gemacht, daß er von ihm gewichen ist. So war manches Jahr vergangen und Hans hieß ein sehr reicher Mann. Er hatte sich für seine Dukaten Dörfer und Güter gekauft und war ein Herr geworden. Es munkelte auch unter den Leuten, es gehe nicht mit rechten Dingen zu mit seinem Reichtum; aber keiner konnte ihm das beweisen. Aber endlich ist der Beweis gekommen.

Der Böse lauerte auf den armen Mann, an dem er schon einige Macht gewonnen hatte. Er war ergrimmt auf ihn, weil er von seinen hohen Festen in der Walpurgisnacht ganz ausblieb, und als Hans einmal wieder mit sündlicher Lüsternheit an das Goldsammeln gedacht und darüber das Abendgebet vergessen, auch einige unchristliche Flüche über eine Kleinigkeit getan hatte, hat er mit seinem Gesindel hervorbrechen können, und Hans hat nun gelernt, was das goldne Spielwerk des Königs Birlibi eigentlich auf sich habe. Seit dieser Zeit hat Hans weder Stern noch Glück mehr in seiner Wirtschaft gehabt. Wie viel er sich auch abmattete, er konnte nichts mehr vor sich bringen sondern es ging von Tage zu Tage mehr rückwärts. Seine ärgsten Feinde aber waren die Mäuse, die ihm im Felde und in den Scheunen das Korn auffraßen, die Wiesel, Ratten und Marder, die ihm die Hühner, Enten und Tauben abschlachteten, die Füchse und Wölfe, die seine Lämmer, Schafe, Füllen und Kälber holten. Kurz das Gesindel hat es so arg gemacht, daß Hans in wenigen Jahren um Güter und Höfe, um Pferde und Rinder, um Schafe und Kälber gekommen ist und zuletzt nicht ein einziges Huhn mehr hat sein nennen können. Er hat als ein armer Mann mit dem Stock in der Hand nebst Weib und Kindern von Haus und Hof gehen und sich auf seinen alten Tagen als Tagelöhner ernähren müssen.

Da hat er oft die Geschichte erzählt, wie er zu dem Reichtum gekommen und aus dem Bauer ein Edelmann geworden ist, und hat Gott gedankt, daß er Ratten und Mäuse als seine Bekehrer geschickt und ihn so arm gemacht hat: »denn sonst«, hat der arme Mann gesagt, »wäre ich wohl nicht in den Himmel gekommen und der Teufel hätte seine Macht an mir behalten und ich hätte dort jenseits endlich auch nach des Rattenkönigs Pfeife tanzen müssen.« Das hat er auch dabei erzählt, daß solches Gold, das man auf eine so wundersame und heimliche Weise gewinne, doch keinen Segen in sich habe; denn ihm sei bei allen seinen Schätzen doch nie so wohl ums Herz gewesen, als nachher in der bittersten Armut, ja er sei ein elenderer Mann gewesen, da er als Junker mit sechsen gefahren, als nachher, da er oft froh gewesen, wenn er des Abends nur Salz und Kartoffeln gehabt habe.

Thrin Wulfen

Nicht weit von Schoritz, zwischen Schoritz und Pudmin, an dem Wege, wo man von Garz nach dem Zudar fährt, lag einst ein kleines Dorf, das hieß Güntz, worin ein paar Bauern wohnten, die nach Schoritz zu Hofe dienten. Die sind aber ganz zerstört mit Häusern und mit Gärten, so daß man dort keine Spur mehr sieht, daß jemals Menschen dort gewohnt haben. In diesem Dorfe Güntz wohnte ein Bauer, der hieß Jochen Wulf, der hatte eine Frau, und die hieß Thrin; das war eine arge Hexe, von deren losen Künsten und bösen Streichen die Leute noch heute zu erzählen wissen. Daß sie aber eine Hexe war, konnte man ihr anmerken an ihrer außerordentlichen Freundlichkeit und Leidigkeit, woraus List und Schelmerei oft hervorlächelten, und an den schönen und leckeren Sachen, die sie immer bei sich trug und womit sie die Hunde und kleinen Kinder an sich lockte. Davor hat den Leuten auch gegraut, daß ihr, wohin sie immer gekommen, die Katzen von selbst auf den Schoß gesprungen sind; was diese Tiere, die eben keine Menschenfreunde sind, sonst nimmer mit Fremden tun. Denn durch die Kinder und durch Leckereien, die sie den Kindern geben, und durch Sälbchen und Kräuterchen, womit sie bei Kinderkrankheiten immer gleich zur Hand sind, drängen sich die alten Hexen in alle Häuser, und Hunde und Katzen dürfen sie nicht zu Feinden haben, weil ihre Arbeit meistens des Nachts ist, wo die andern Christenmenschen schlafen. Doch merkten die Leute ihr und ihrem Manne ihr heimliches und verbotenes Handwerk dadurch an, daß sie sehr reich wurden und daß der Bauer Wulf dreimal soviel Korn und Weizen verkaufen konnte, als seine Nachbarn, und daß seine Pferde und Kühe, wenn er sie im Frühling ins Gras trieb, so glatt und fett waren, wie die Aale und als ob sie aus dem Teige gewälzt wären. Auch sagten alle Leute,

sie habe einen Drachen, und den haben sie des Nachts oft auf ihr Dach herabschießen sehen, wo er ihr Raub und Schätze von andern zutrug. Das ist auch gewiß, und viele Leute haben es erzählt, die bei nächtlicher Weile bei Güntz vorbeigegangen sind, daß es dann auf dem Wege oft geknarrt und geseufzt hat, wie die Räder an schwerbeladenen Wägen knarren und seufzen. Da haben die Leute sich umgesehen oder sind aus dem Wege gesprungen, damit sie nicht übergefahren würden, sie haben aber weder Pferde noch Wagen gesehen und es ist ihnen ein entsetzliches Grauen angekommen. Das ist aber auch der alte, heimliche Drache gewesen, der den Nachbarn die Garben gestohlen und sie in des Wulfs Scheunen hat einfahren lassen. Daß die Thrine Wulfen eine arge Wetterhexe war, hat man am meisten auf der Weide und Brache an dem jungen Vieh sehen können. Wenn sie einmal unter eine Herde kam, gleich streckte ein Kalb alle viere von sich und hatte den Frosch, oder ein paar Dutzend junge Gänschen machten nicht zum Vergnügen den Drehhals, oder einige Lämmer und Jährlinge wurden Kopfhänger und Kopfschüttler, oder eine Schar Säue tanzte den Dreher. Sie gebärdete sich bei solchem Anblick, als tue es ihr sehr leid (die alten Hexen aber können es nicht lassen junges freudiges Vieh zu behexen, und wenn es ihr eigenes wäre), und sie sagte den Hirten oder Nachbarn, sie habe und wisse manche heilsame Mittel gegen solche Übel; sie sollen nur zu ihr kommen und sich eine Salbe holen und die kranken Tierchen damit bestreichen, gleich werde es dann besser mit ihnen werden. Das haben einige getan, und wirklich hat es stracks geholfen, aber den meisten hat gegraut, über ihre Schwelle zu treten, und da hat das liebe Vieh denn dran gemußt. Alle aber haben sich zugeflüstert, Thrin Wulfen habe sie behext und ihnen den Schabernack angetan. So zum Beispiel hatte sie eine Frau, welche sich mit ihr erzürnt und sie eine alte Wetterhexe gescholten hatte, in ihrem eignen Hause festgezaubert, daß sie nicht über die Schwelle zu gehen wagte und alle Türen und Fenster dicht versperrt hielt. Denn sie glaubte, sie sei in eine Erbse verwandelt, und jeder Vogel, der vorüberflog, war ihr so fürchterlich, daß sie bei seinem Anblick schrie, als fliege ihr Tod heran, ja daß sie bei dem Ton eines Gefieders aus der Luft schon in Ohnmacht fiel und mit Händen und Füßen zappelte; für die Enten, Hühner und Tauben aber in ihrem Hofe war der Jüngste Tag gekommen, und sie hatte ihnen allen sogleich beim Beginn ihrer Krankheit die Hälse umdrehen lassen. Auch hatte die alte Bösewichtin es dem Mann dieser Frau angetan, daß er wie ein kindischer und besoffener Narr tanzen mußte, sobald er einen Ziegenbock springen sah. Und dies ist allen Leuten lächerlich und ärgerlich anzusehen gewesen, und das Ärgste dabei ist noch gewesen, daß die Einfältigen vor dem Mann eine Art Grauen bekommen haben, als sei er auch von der Ziegenbocksgesellschaft und von den Blocksbergfahrern; die Klugen aber haben wohl gewußt, von wem diese Bockssprünge herrührten, doch keiner hat es ihr beweisen können. Und man kann wohl denken, wie die alte Bosheit in sich gelacht hat, daß der unschuldige Mann für ihren Gesellen gehalten worden ist. Ihr Vieh war immer das fetteste und mutigste in der ganzen Dorfherde, und man konnte an vielen Zeichen sehen, daß der Teufel sein Spiel damit hatte; denn fast nie ist ein Stück davon krank worden, und sie hat ihnen solche Kraft und Stärke angezaubert, daß von ihren kleinsten Kälbern die größten Ochsen sich stoßen ließen und daß ihre Ferkel die wütendsten Eber aus dem Felde schlugen.

Auch haben die Leute sie in mancherlei Verwandlungen umherlaufen und herumfliegen gesehen, aber niemand hat sich unterstanden sie anzupacken oder ihr etwas zu tun; auch haben sie die allerwunderlichsten bunten Hunde und Katzen und sogar Füchse und Wiesel bei Tage und bei Nacht um ihren Hof laufen gesehen, aber keiner hat sie angetastet: sie wußten wohl, aus wessen Stall dieses gefährliche Vieh war. Von Elstern und Krähen aber hüpften immer ganze Scharen auf ihrem Hofe und ihren Dächern, und von ihrem einzigen Hausgiebel uhuhten des Nachts mehr Eulen, denn von allen Häusern und Dächern in Swantow und Pudmin zusammen.

So ist sie in der Nachbarschaft viel herumgestrichen und herumgeflogen auf Schelmstücke und Diebsschliche, und es ist ihr lange genug glücklich gegangen. Der Pastor zum Zudar, der Herr Manthey hieß, hat die meiste Not mit ihr gehabt, und auch wohl deswegen, weil er dem Bösen selbst den Krückstock reichte, womit er ihn überholen konnte, da er mehr ins Buch der vier Könige guckte als in Bibel und Evangelienbuch. Einmal ist Thrin Wulfen zu seiner Frau gekommen und hat ihr ein Stieg Eier gebracht, und sie und die Frau Pastorin haben einander viel erzählt und sind sehr herzig und heimlich mit einander geworden, so daß die Frau Pastorin endlich die Thrin, als sie Ade gesagt, umhalst hat. Da ist ihr aber geschehen, daß sie vor Schrecken ohnmächtig worden und wie tot hingefallen ist. Denn was hat sie gesehen? Vor ihren sehenden Augen und unter ihren greifenden Händen ist die Thrin plötzlich eine rote Füchsin geworden und hat ihr mit den Vordertatzen die Wangen gestreichelt und mit der Schnauze das Gesicht geleckt und dabei recht fürchterlich greinig und freundlich ausgesehen. Das hat die Pastorin später vielen Leuten erzählt, wie es aber weiter geworden, hat sie nicht gewußt; denn als sie wieder zur Besinnung gekommen, war die Thrin weg und auch keine Spur von ihr und der roten Füchsin mehr da als der Geruch der füchsischen Küsse in ihrem Gesichte und ein paar leichte rote Streifen, womit sie sie bei der umhalsenden Liebkosung gekratzt hatte. Zuerst hat die Frau Manthey die Geschichte aus Furcht verschwiegen und erst nach Verlauf von Jahren erzählt. Auch Pastor Manthey ist inne geworden, daß er gegen die losen und leichten Künste der Thrin sich nicht mit der gehörigen geistlichen Rüstung gewaffnet hatte, und daß sie an ihn durfte; er hat bemerkt, daß ihm ein Dieb an seine Schinken und Würste kam, und das ist auch die Thrin gewesen. Denn wie manche Nacht ist sie als Katze in Wiemen und Keller und Speisekammern geschlichen, und hat sich eine Wurst, eine Spickgans oder ein Stück Schinken zu Hause getragen! Endlich war es ruchbar geworden, daß man oft eine unbekannte graue Katze durchs Dorf laufen gesehen, und daß auch andern Leuten auf eine ähnliche unbegreifliche Weise manches abhanden gekommen war. Da lauerte der Pastor des Abends und in der Frühe oft genug auf mit einem geladnen Gewehr, aber nimmer hat er den schleichenden Dieb erwischen können. Endlich aber ist ihm die Katze mal in dem Garten in den Wurf gekommen, als er Sperlinge schießen wollte, und er hat ihr unverzagt aufs Leder gebrannt, und sie mit humpelndem Fuß über den Zaun springen und jämmerlich miauen gehört. Der Schäfer aber, der hinter dem Garten eben mit den Schafen vorbeitrieb, als der Mantheysche Schuß fiel, hat erzählt, es sei neben ihm ein altes Weib über den Weg hingehinkt, die habe jämmerlich gewinselt und geheult, und sie habe ihm geklagt, des Krügers großer Hund habe ihr den Fuß blutig gebissen. So sei sie über die Zudarsche und Schoritzer Heide fortgehumpelt und man habe ihr Gewinsel noch lange aus der Ferne hören können. Und das war wirklich die Thrin aus Güntz gewesen, der Pastor hatte ihr das linke Bein durchschossen.

Dieser geistliche Schuß gab einen großen Glückswandel. Thrin lag wohl ein Vierteljahr elend im Bette, dann sah man sie wieder, aber sie humpelte mit einem lahmen Beine, und erzählte den Leuten, sie sei beim Äpfelschütteln vom Baum gefallen und habe sich dabei das Bein verrenkt. Nun ging es ihr aber schlimm. Weil sie nicht mehr so flink auf den Füßen war als sonst, so konnte sie, wann die Begier zu hexen mit plötzlicher Lüsternheit in ihr aufstieg, nicht mehr geschwind zu andern oder zu Fremden kommen, sondern mußte ihr Eigenes behexen. Da ward denn fast täglich irgend etwas verdreht, gelähmt oder umgebracht. Bei Tauben, Hühnern und Gänsen fing es an, und mit dem großen Vieh hörte es auf. Und wie viel der alte Jochen Wulf sie auch prügelte, das half alles nichts: die Hexenlust ist ein unauslöschlicher und unbezwinglicher Trieb. Als also alles Federvieh verdorben oder erwürgt war, da ist die Kunst über die Ferkel und Lämmer hergefahren, darauf an die Kälber und Schafe, endlich an die

Kühe und Pferde. Der Bauer hat nun immer wieder neues Vieh kaufen müssen, und in solcher Weise ist in ein paar Jahren der Reichtum vergangen und das ungerechte Teufelsgut zerronnen. Ja ihr eignes einzigesKind hat sie zum Krüppel hexen müssen; und der alte Wulf ist aus Angst, daß ihm zuletzt Ähnliches widerfahren möge, in die weite Welt gegangen, und ist auf immer ein verschollener Name geblieben. Einige erzählen aber, die Thrin habe ihn verwandelt, und habe wegen seiner Sünde die Macht dazu gehabt, weil der alte Schelm um ihre Hexerei gewußt und die Früchte davon gehehlt und mitgenossen habe; und so müsse er nun als ein greulicher Werwolf rundlaufen und die alten Weiber und Kinder erschrecken. Die Thrin aber sei nach der Flucht des Wulf als eine arme Bettlerin aus der Wehr geworfen und habe zuletzt in Pudmin gewohnt, sei aber zu Zeiten immer noch hin und wieder als eine lahme Katze oder Füchsin umgegangen oder habe als eine lahme Elster auf Bäumen und Dächern herumgehüpft; endlich aber sei sie vor das Gewehr eines Freischützen geraten, wodurch die Katzengestalt für immer festgemacht worden. So haben viele Leute sie öfter als eine wilde graue Katze an dem Güntzer Teiche sitzen gesehen, auch als kein Haus mehr da stand; auch haben andere es dort um die Mitternacht häufig miauen und prusten und pfuchsen gehört, daß ihnen vor Grauen die Haare zu Berge standen.

Der Wiedehopf

So hat Hinrich Vierk einmal vom Schneidermeister Wiedehopf erzählt:

Es begeben sich die wunderbarsten Dinge in der Welt: Könige sind Bettler und Bettler sind Könige geworden und kann man keinem ansehen, was er einst gewesen ist und was er noch werden kann. So ist der Wiedehopf einst ein Damenschneider gewesen, und wer sieht es ihm jetzt wohl an, daß er vormals in feiner und zierlicher Gesellschaft gelebt hat? Er hat in einer großen reichen Stadt gewohnt und sich wie ein hübscher und feiner Gesell gehalten und einen bunten seidenen Rock getragen, und ist von einem vornehmen Hause in das andere und von einem Palast in den andern gegangen und hat die kostbaren Zeuge und Stoffe, woraus er Kleider machen sollte, zu Hause getragen. Und weil er hübsch und manierlich gewesen ist, haben alle hübsche Frauen ihn zu ihrem Schneider genommen und immer hat er Arbeit bei ihnen gehabt, und auch der Königin, als sie gekrönt werden sollte, hat er den Rock zugemessen. So ist Meister Wiedehopf bald ein sehr reicher Mann geworden und hat doch nicht genug kriegen können, sondern ist immer herumgelaufen und hat zu Hause geschleppt und oft so viel zu tragen gehabt, daß er wie ein Karrengaul unter seiner Last stönen und, wann er die Treppen hinaufstieg, »Hup! Hupupp!« schreien mußte. Diese Arbeitseligkeit und Habseligkeit hätte Gott ihm wohl vergeben, aber es ist eine arge Habsucht daraus geworden, und die hatte der Herr nicht länger mit Geduld ansehen können. Der Schneider hat zuletzt gestohlen und von allen Zeugen, die er in die Mache bekam, seinen Teil abgekniffen und abstipitzt. Da ist es ihm denn geschehen, daß er eines Abends, als er mit einem schweren Bündel und noch schwereren »Hupupp! Hupupp!« die Treppe hinaufächzte, plötzlich in einen bunten

Vogel verwandelt worden ist, welcher Wiedehopf heißt und um die Häuser und Ställe der Menschen umfliegen und dort mit unersättlicher Gier das Allergarstigste auflesen und in sein Nest tragen muß. Er trägt bis diesen Tag einen bunten Rock, aber einen solchen, der an einen schlimmen Ort erinnert, wohin die Diebe und Schelme gehören. Der eine Teil des Rockes ist rabenschwarz, der andere feuerrot, und sind beide Teile Farben der Hölle, denn das Schwarze des Rockes soll die höllische Finsternis und das Feuerrote das höllische Feuer bedeuten. Einen ähnlichen Rock als Meister Wiedehopf trägt auch der Totengräber, ein blanker garstiger Wurm, der auf den Landstraßen herumläuft und tote Maulwürfe, Käfer und anderes Aas begräbt; auch die bunte Blattwanze hat fast ganz dasselbe Kleid an: beide sind Erzstinker und wahrscheinlich beide einst auch Diebe gewesen. Das hat der Wiedehopf noch so beibehalten aus seiner alten Schneiderzeit, daß er immer »Hupupp! Hupupp!« schreien muß, als trüge er noch Diebeslast, die ihm zu schwer wird. Die Leute nennen ihn deswegen häufig den Kukuksküster, weil sein Laut aus der Ferne wirklich oft so klingt, als wolle einer dem Kukuk seinen Gesang nachsingen, wie der Küster dem Pastor. Aber der Kukuk ist ein lustiger Schelm und kann sein Lied in Freuden singen, der Wiedehopf aber ist ein trauriger Schelm, und darum muß er seufzen und klagen und sein »Hupupp! Hupupp!« geht ihm gar schwer aus der Kehle.

Rotkehlchen und Kohlmeischen

Rotkehlchen und Kohlmeischen waren einst ein paar hübsche Dirnen, Töchter einer alten frommen Witwe, die sich vom Spinnen, Nähen und Waschen und von anderer Arbeit knapp aber doch ehrlich ernährte. Sie hatte nur diese beiden Kinder, von welchen die älteste Grethchen und die jüngste Kathrinchen hieß. Sie hielt, wie sauer es ihr auch ward, die Kinder immer nett und reinlich in Kleidung und schickte sie fleißig zu Kirche und Schule, und als sie größer wurden, unterwies sie sie in allerlei künstlicher Arbeit mit der Schere und Nadel und hielt sie still in ihrem Kämmerlein in aller Ehrbarkeit und Tugend. Und Grethchen und Kathrinchen gediehen, daß es eine Freude war, und wurden eben so hübsch und fein, als sie fleißig und ehrbar waren; so daß alle Menschen ihre Lust an ihnen hatten und die Nachbarn sie ihren Töchtern als rechte Muster zeigten und lobten. Die Witwe starb und die beiden Schwestern blieben in ihrem Häuschen und lebten, wie sie mit der Mutter bisher getan, von ihrer Hände Arbeit. Aber es blieb nicht lange mehr so still in dem Häuschen, als es sonst gewesen war. Die Falken und Habichte, welche auf schönes junges Blut lauren, merkten, daß die Hüterin weg war, welche die Täubchen sonst bewacht hatte, und es fanden sich häufig lose junge Gesellen ein, welche die Mädchen zu Tänzen und Gelagen und zu Spaziergängen auf die Dörfer verlocken wollten. Die beiden Schwestern wehrten sich einige Wochen tapfer, aber endlich ließen sie sich bewegen und gingen mit und dachten, es kann doch wohl keine Sünde sein, was so viele Frauen und Mädchen tun, die niemand unehrlich nennt. Zuerst kam es ihnen bei diesen Tänzen doch zu wild vor und sie sahen nicht einmal lange zu sondern gingen früh weg und waren vor Sonnenuntergang wieder zu Hause und ließen sich nicht bis in die Nacht hinein halten, wieviel die, welche sie mitgenommen hatten, auch locken mochten. Das zweite und dritte Mal tanzten sie schon mit, gingen aber bei Tage heim, und mit etwas schwerem Herzen, und nahmen sich deswegen vor, den nächsten Sonntag zu Hause zu bleiben. Aber das Worthalten war schwer, denn die jungen Gesellen kamen immer wieder und baten zu schön. Das vierte und fünfte Mal blieben sie schon bis nach Sonnenuntergang, und das sechste und siebente Mal hatte die Glocke zwölf geschlagen, als sie heim kamen, und sie mußten ihre Wirtin herauspochen, daß sie ihnen die Türe aufschlösse, und als die alte Frau sie ermahnte und sie ihrer seligen Mutter erinnerte, lachten sie schon und sprachen: »Ach! die Mutter und Ihr! wann die Mäuse keine Zähne mehr haben, schelten sie auf die Nußknacker; Ihr werdet auch getanzt haben, als Ihr jung waret.«

Die Mädchen waren zu Hause noch immer sehr fleißig, auch hatten sie noch nichts Unehrbares getan noch gelitten, aber die Türe zum Bösen war geöffnet, und Leichtsinn und Leichtfertigkeit nahmen von Tage zu Tage zu, und nun ward auch schon mancher kostbare Wochentag mit Nichtstun und Herumprangen vertändelt und verquändelt, den sie sonst auf nützliche Arbeit verwendet hatten. Auch in ihrem Kämmerchen mußte alles anders werden: die Vögel waren lustig und bunt geworden, es mußte alles blankere und zierlichere Federn anziehen: neue Tische, neue Stühle, neue Vorhänge, feinere Kleider und Schuhe. Aber mit dem alten Hausrat schien auch der mütterliche Segen, der bisher sichtbar auf den Kindern geruht hatte, aus dem Hause gezogen zu sein. So schlich sich das Unglück mit dem Leichtsinn ein; erst hielt sie der Böse nur an einem dünnen seidenen Fädchen, zuletzt hat er sie mit einem dicken Kabeltau der Sünde umflochten und sie haben die Schwere und den Schmutz desselben gar nicht mehr gefühlt.

Grethchen und Kathrinchen hatten immer viele schöne Arbeit und kostbare Zeuge unter Händen, woraus sie Schmuck und Kleider stickten und näheten. Sie gebrauchten jetzt mehr

Geld als sonst, sie fingen allmählich an zu mausen, ach! sie stahlen zuletzt. Einmal hatten sie einen bunten seidenen Rock gestohlen, der in einem Nachbarhause am Fenster hing, und an einen herumziehenden Juden verkauft. Ein armer Schneidergesell, bei welchem man viele bunte Lappen und Streifen Zeug gefunden, die er auch wohl gemaust haben mochte, war darüber angeklagt, gerichtet und gehängt worden. Er hing und baumelte an dem lichten Galgen. Eines Abends spät kamen die beiden Dirnen mit andern Gesellen und Gesellinnen von einem Dorftanze zurück und der Weg ging an dem Galgen vorbei. Da rief einer aus der Schaar, ein leichtfertiger Gesell: »Fritz Schneiderlein! Fritz Schneiderlein! wie teuer wird dir dein bunter Rock!« Kaum aber hatte er das Wort gesprochen, so schlug die Sünde wie ein Blitz in die beiden Dirnen, die schuld waren an des armen Schneiders Tod. Sie stürzten beide wie tot zur Erde hin, und die andern, die es sahen, liefen voll Schrecken weg, als hätten ihnen alle Galgenvögel schon in dem Nacken gesessen. Sie haben die Geschichte in der Stadt erzählt, und die Leute sind hingegangen, aber die beiden Dirnen haben sie nimmer gefunden.

Und wie hätten sie sie finden sollen? Sie waren in Vögel verwandelt und müssen nun in der weiten Welt herumfliegen. Grethchen ist ein Rotkehlchen geworden und Kathrinchen ein Kohlmeischen; denn Grethchen trug immer ein rotes seidenes Tuch um den Hals und Kathrinchen ein gelbes. So müssen sie nun als kleine Vögel in den Wäldern rundfliegen und Hunger und Durst leiden, Hitze und Kälte aushalten und vor Sperbern und Falken, vor Schlangen und Ottern, vor Jägern und wilden Buben zittern. Das hatte ihre Mutter wohl nicht gedacht, als sie so sittig und fein mit ihr in dem Kämmerlein saßen und stickten und webten und nähten und abends und morgens bei dem Zubettgehen und Aufstehen mit heller Stimme geistliche Lieder sangen. Aber die armen Kinder sind zuerst verlockt, dann verführt und so endlich in schwere Sünden gefallen, und haben kaum gewußt, wie sie dazu gekommen sind: so leise und sanft hat der Leichtsinn sie seinen Schlangenblumenweg geführt. Daß diese kleinen Vögel einst Menschen gewesen, ist ganz natürlich, und man kann es auch daraus sehen, daß sie immer um die Häuser der Menschen fliegen, auch oft durch die offenen Fenster in die Zimmer kommen und sich da fangen lassen, auch daß sie im Walde, so wie sich nur Menschen da sehen lassen, sogleich um sie herumflattern und herumzwitschern. Sie haben auch die alte Unart im Vogelkleide noch nicht abgelegt und können das Mausen nicht lassen sondern sind noch immer Erzdiebe, und wo nur etwas Buntes und Neues und Schimmerndes ausgehängt wird, da fliegen und schnappen sie darnach, und werden daher keine Vögel leichter in Fallen und Schlingen gefangen als diese beiden, und müssen Grethchens und Kathrinchens gefederte Urenkel es noch entgelten, daß sie einst zuviel auf Kirmisse und Tänze gegangen und den bunten Rock gestohlen haben, worum der Schneider hangen mußte. Die Menschen jammert es sehr, wann sie Rotkehlchen und Kohlmeischen in den Schlingen hangen sehen, und sie rufen wohl: »Ach! die armen niedlichen Vögelein!« Denn sie sind wirklich sehr niedlich und hübsch, und waren einst auch niedliche und hübsche Dirnen, ehe sie von bösen Buben verführt wurden, und lebten als fromme einfältige Kinder und meinten und wußten nichts Arges.

Aus dieser Geschichte lernt man, daß es wohl wahr ist, was weise Leute sagen, daß mancher einen bunten Rock trägt, worin ihm nicht wohl ist, und daß manche bunte Röcke tragen, wozu sie nicht gut gekommen sind.

Das schneeweiße Hühnchen

Erzählt von Hinrich Vierk

In Gurrewitz, eine halbe Meile von Rambin, lebte einmal ein Weber, das war ein sehr armer aber frommer und gottesfürchtiger Mann, der hatte auch eine recht gute und christliche Ehefrau; und die beiden Leute hatten viele liebe Kinder. Das jüngste und liebste Kind von allen aber war ein kleines Mädchen, welches Christine hieß; das war acht Jahr alt. Das war ein sehr schönes freundliches und gehorsames Kind und hatte einen recht lieben dem Himmel zugewendeten Sinn, so daß es mit seinem kindischen Verstande die hohen und himmlischen Dinge sehr geschwind faßte und behielt und nichts lieber lesen hörte als die Bibel und nichts geschwinder auswendig lernte als Lieder aus dem Gesangbuche. Das kleine Christinchen war sonst sehr still und für sich und konnte, wann der Frühling und Sommer da waren, ganze Tage und Wochen im Garten spielen, ohne daß es anderer Gespielen nötig hatte als die Büsche und Blumen und die Vögelein, die in den Zweigen sangen. Mit ihnen lebte, spielte und schwätzelte es, als wären es Menschen gewesen, und kam, sobald die Sonne untergegangen, immer heiter und fröhlich wieder ins Haus, aß ein Butterbrödchen, faltete die Händchen zum Gebet, und schlief dann ein.

Nun geschah es, daß das Kind einmal, als es nach seiner Gewohnheit des Abends in die Stube trat, etwas in seinem Schürzchen trug. Sie hielt aber das Schürzchen zu, daß niemand wissen konnte, was sie darin hatte. Und sie ließ Schwestern und Brüder raten, was sie wohl hätte, und die konnten es nicht raten; und sie fragte die Mutter, und die riet es auch nicht. Und als Christinchen lange so rundgefragt hatte und zuletzt keiner mehr antworten noch raten wollte, rief sie voll

Ungeduld: »Nun, so will ich mein Rätsel ausschütten – und da seht!« Und aus ihrer Schürze fiel ein kleines schneeweißes Küchlein, das sehr schön war und ein niedliches buntes Büschelchen auf dem Kopf hatte. Und die Mutter verwunderte sich und fragte, woher sie das Küchlein habe. Und Christine antwortete: »Ich weiß nicht, wo das Küchlein hergekommen ist. Es kam im Garten zu mir und hüpfte auf meinen Schoß und hat den ganzen Nachmittag mit mir gespielt; und als ich weggehen wollte, ist es mir nachgelaufen, und da habe ich's in meine Schürze genommen und mitgebracht; denn es wäre wohl jämmerlich, wenn es die Nacht draußen sitzen und frieren sollte, auch könnte ein Wiesel oder Iltis kommen und fressen es auf. Darum, du liebes, liebstes schneeweißes Küchlein, hab ich dich mitgenommen.« – Und mit diesen Worten nahm sie es wieder vom Boden auf und herzte und küßte es, und legte es an ihr Herz. – »Und nun sei nur nicht bange! du sollst es recht gut bei mir haben, und die Nacht bei mir schlafen, und wir wollen einander nichts zu Leide tun.« Die Mutter aber glaubte ihr nicht recht, als sie das erzählte, und meinte, sie müsse das Küchlein wohl irgendwo bei einem Nachbar aufgegriffen haben, und sie bedeutete Christinchen recht ernstlich, sie solle ihr die reine Wahrheit sagen, wie sie zu dem Küchlein gekommen sei. Aber das Kind blieb bei seiner Aussage, und spielte und tändelte fort mit dem Küchlein; und als sie zu Bett ging, legte sie es auf ihre Brust, und das Küchlein breitete seine Flügelchen aus, als wolle es Christinchen damit zudecken, und schlief die ganze Nacht auf ihrer Brust.

Und den andern Morgen schickte die Weberin herum bei allen Nachbarn im ganzen Dorfe und ließ umfragen, ob jemand ein schneeweißes Hühnchen mit einem bunten Käppchen verloren hätte. Und die ließen ihr sagen, schneeweiße Hühner und Küchlein hätten sie gar nicht, auch sei keinem ein Küchlein verloren gegangen. Als diese Botschaft zurückkam, hüpfte und jubelte das Kind vor Freuden, daß es sein schneeweißes Küchlein behalten sollte; und die Mutter hatte noch viel größere Freude, denn sie hatte eine rechte Herzensangst gehabt, Christinchen möge das Küchlein irgendwo weggenommen und ihr gar was vorgelogen haben.

Und zwischen den beiden, dem kleinen Mädchen und dem weißen Küchlein, ward eine solche Freundschaft, daß es fast zu viel war; so daß die kleine Dirne nirgend sein konnte, ohne daß das Küchlein mit ihr war, und daß sie nicht einmal so gern als sonst mit der Mutter in die Kirche gehn mochte, weil Schneeweißchen – so nannte sie das Küchlein – dann zu Hause bleiben mußte. Und auch Schneeweißchen hatte eine unglückliche Zeit, wann Christinchen ihm fehlte, und lief dann unruhig umher und piepte und suchte, als wäre ihm sein Glück weg, und hätte sich oft beinahe die Seele ausgepiept. Sobald es aber Christinchen wiederkommen sah, drehte es sich vor Freuden auf seinen goldgelben Beinchen herum und flackte und flaggte fort und fort mit seinen Flügeln. Gewöhnlich aber waren die beiden beisammen im Garten, wo Christinchen saß und las oder strickte oder auch die Blumen begießen und Unkraut ausjäten mußte. In diesem Garten stand ein altriger Birnbaum, worunter ein großer breiter Stein lag. Auf dem Stein saß Christinchen nun immer, weil Schneeweißchen sich unten an dem Stein hinlegte und in der Erde kratzte und seine kleinen Flügel und Federn mit Staub bewarf. Da konnte man sie immer finden, und die Mutter schalt Christinchen wohl oft, daß sie gar nicht mehr auf ihrer grünen Rasenbank saß, die ihr Bruder, ein junger Weberknapp, ihr gemacht hatte. Sie antwortete dann, die Stelle möge Schneeweißchen nicht leiden: wann sie in den Garten gehen, wolle es immer zu dem Stein, und da müsse sie wohl mit, denn wo Schneeweißchen sei, da müsse sie auch sein.

So lebten die beiden mit einander den ganzen Frühling und Sommer als die schönsten Freunde, und Schneeweißchen hatte nichts weiter bedurft als ein paar Brotkrümchen, die Christinchen ihm immer von seinem Brötchen abgegeben; und es hatte auch sie nicht einmal bedurft, denn draußen war im Sommer für ein Hühnchen die Hülle und Fülle zu essen und aufzupicken. Als nun aber der Herbst kam und kein Blatt mehr auf den Bäumen war und der Winter anfing den Vögeln die Körner zu verschneien, da mußten die beiden kleinen Freunde auch in die Stube ziehen, und kamen in große Not. Die Mutter nahm nämlich einen Morgen das kleine Mädchen vor und sagte zu ihr: »Mein liebes Christinchen, du bist ein gehorsames frommes Kind, und es tut mir darum leid, daß Schneeweißchen von dir muß; aber wir können es nun einmal nicht behalten. Leben will das Hühnchen doch, und Gerste und Brot haben wir nicht übrig. Darum weine nicht, und geh hin und zieh dir deinen neuen Sonntagsrock an, und nimm dein Hühnchen untern Arm, und bring es deiner Frau Patin, der Frau Pastorin in Rambin. Die wird es um deinetwillen hegen und pflegen und bei ihr wird es bessere Tage haben als in unserm kleinen Häuschen.« Als Christinchen diese Rede hörte, fing sie an so bitterlich zu schluchzen und zu weinen, daß es der Mutter das Herz hätte brechen mögen, und rief dann: »Nein! nein! Mutter, ich kann und kann das nicht tun; wenn Schneeweißchen fort muß, mag ich auch nicht länger auf der Welt bleiben und muß sterben. Und warum wollen wir das niedliche Hühnchen nicht behalten, das nun bald groß wird und uns gewiß viele schöne Eier legt?« Und das Kind weinte so sehr und bat die Mutter so flehentlich, daß diese zuletzt sagte: »Nun denn in Gottes Namen! Du sollst dein Schneeweißchen behalten, und der liebe Gott mag uns bei unsrer Armut noch wohl so viel geben, daß Schneeweißchen ein paar Krümchen mitessen kann.«

Und Schneeweißchen lebte nun in der Stube und auf der Flur, und ging nicht einen Augenblick von Christinchen, und schlief des Nachts noch immer auf ihrer Brust. Aber das war doch besonders, daß das Hühnchen fast alle Tage in den Garten zu dem Stein lief, wo es sich im Sommer so oft ihr kühles Bett in der Erde aufgekratzt hatte. Als aber Weihnachten vorbei war und die Tage länger wurden, da legte Schneeweißchen ihr erstes Ei, und Christinchen brachte es mit großer Freude ihrer Mutter. Und von dem Tage an hat Schneeweißchen jeden Tag ein Ei, zuweilen auch zwei Eier gelegt, sieben Jahre lang, solang es gelebt hat, und ist ein rechter Schatz für das Haus gewesen. Von Christinchen aber ist das Hühnchen nimmer gewichen, und wenn diese, welche nun auch größer ward, jetzt im Walde den Kühen nachgehen oder auf dem Felde arbeiten mußte, Schneeweißchen ging oder flog immer mit; gewöhnlich aber trug Christinchen es auf dem Arm, wie ein Ritter seinen Falken trägt. Und das ganze Dorf verwunderte sich über die beiden und über ihre sonderbare Freundschaft, und die alten Weiber verwunderten sich auch, steckten die Köpfe zusammen und munkelten unter einander: wenn es nicht ein Huhn wäre und sich nicht treten ließe wie andere Hühner und nicht Eier legte, die eben so aussehen und schmecken als andre Eier, so möchte man auf seltsame und wunderliche Gedanken kommen.

Aber wenn Schneeweißchen und Christinchen auch nicht mehr so viel im Garten saßen und spielten als die ersten Jahre, wo sie noch jung und klein waren, Schneeweißchen ging doch recht oft zu dem breiten Stein unter dem alten Birnbaum und kratzte dort, und auch Christinchen blieb die Stelle immer lieb wegen der Erinnerung des ersten Sommers, wo Schneeweißchen zu ihr gekommen war.

Und als Schneeweißchen sieben Jahr alt war und Christinchen fünfzehn Jahr und schon ein großes hübsches Mädchen war, da fing Schneeweißchen an zu piepsen und hatte trübe Augen und ließ die Flügel hangen und gluckste so traurig, und mochte gar wenig essen. Und Christinchen war sehr betrübt und streichelte und fütterte das liebe Hühnchen auf das zärtlichste und sorglichste. Aber das half nicht: Schneeweißchen lag eines Morgens tot da und Christinchen fand es neben dem Stein an der Stelle, wo es zu buddeln und sich sein kühles Sommerlager in der Erde zu kratzen pflegte. Und über diesen Todesfall entstand große Trauer im Hause, und da das Hühnchen nun tot war, fing ein jeder an sein Stück an dem lieben Schneweißchen zu loben. Christinchen aber weinte sehr und hielt es in seinem Arm und küßte es viel tausend Mal und sagte: »O du liebes, liebes Hühnchen! o du trautes und goldnes Hühnchen! o du mein eignes, eigenstes Hühnchen! gewiß hattest du ein lieberes und treueres Herz, als viele Menschen haben, und darum sollst du auch schön begraben werden, und die feinsten und hübschesten Blümlein sollen auf deinem Grabe blühen.« Und Christinchen und die Mutter sprachen: »Schneeweißchen soll da schlafen, wo es im Garten immer gesessen und gekratzt und sich selbst seine liebste Stelle ausgesucht hat. Denn es ist billig, daß jeder da schlafe, wo es ihm am besten gefällt.«

Und Mutter und Tochter gingen hin und wollten an dem Stein grade auf der Stelle, wo sie Schneeweißchen tot gefunden hatten, für sie ihr kleines Grab graben. Und als sie ein bißchen gegraben hatten, stieß Christinchen auf etwas Hartes und sprach: »Was ist das, Mutter?« Und die Mutter traf auch mit dem Spaten darauf, und räumte die Erde weg. Und sie erblickten ein Kästchen, und gruben nun vorsichtig an beiden Seiten die Erde weg, und huben das Kästchen heraus, das aus Eichenholz und unten schon angefault war. Und die Mutter hob das Kästchen neugierig auf, und fühlte, es war sehr schwer, und rief voll Freuden: »Wie? wenn es ein Schatz wäre? o du mein lieber Gott! wenn es ein Schatz wäre, so hätte dein Schneeweißchen es dir bestimmt. Warum es da nur immer so viel gekratzt und sich eingebuddelt haben mag?« Und sie setzten das Kästchen hin und machten das Grab zurecht, und schütteten Rosen und Lilien und grüne Kräuter hinein und legten Schneeweißchen sanft darauf und beschütteten sie wieder mit Blumen; dann deckten sie es mit Erde zu und pflanzten Rosen und Violen umher, und Christinchen hat das Grab jeden Tag mit Tränen und mit Wasser begossen.

Was ist aber in dem Kästchen gewesen? Der alte Weber mußte lange arbeiten, bis er es aufbrechen konnte, denn es war sehr fest vernagelt. Und als sie es mit vieler Mühe erbrochen hatten, siehe! da steckte in dem Kästchen noch wieder ein kleineres Kästchen, und das war mit Blech beschlagen und machte dem Alten noch mehr zu schaffen. Aber was ist auch herausgekommen? Die schönsten und blanksten holländischen Dukaten, zehntausend Stück. Man kann denken, welch Erstaunen und welche Freude im Hause war und wie die Leute sich verwunderten und Gott dankten, der ihre Armut auf seine so wunderbare Weise in Reichtum verwandeln wollte. Und die Mutter sagte zu dem Vater: »Nun, Vater, hab ich nicht recht gehabt? Du hast mich immer ausgelacht, wenn ich dir sagte, es müsse mit Christinchen und Schneeweißchen etwas Besonderes auf sich haben und eine Heimlichkeit, die wir nicht verstehen, dabei sein. Und siehe nun wird die blanke Heimlichkeit von der Sonne beschienen.« Und als sie sich genug verwundert und gefreut hatten, sagte der Vater zu Christinchen: »Eigentlich, mein liebes Christinchen, ist dies alles dein, und Schneeweißchen ist als ein unbekannter und seltener Gast zu dir gekommen und hat sieben Jahre bei dir gewohnt, damit sie dir deinen Brautschatz wiese; und du hast ja auch den Schatz gefunden und zuerst gesprochen: Schneeweißchen muß an der Stelle begraben werden, wo es gestorben ist und wo es bei seinem Leben immer so gern saß. Und nun, Christinchen, bist du ein reiches Mädchen und kein Graf ist zu gut, sich mit den zehntausend Dukaten zu vermählen.« Christinchen aber sagte: »Was sprecht Ihr da, Vater? es soll uns allen gehören, und ich will haben, daß Ihr und die Mutter und die Geschwister jedes seinen gleichen Teil davon bekommen sollen.« Und so ist es auch geschehen, denn Christinchen hat es durchaus so gewollt; und sie war nun doch reich genug.

Und die frommen Leute haben fest geglaubt, Schneeweißchen sei ein lieber unschuldiger Geist oder gar ein von Gott gesandtes weißes Engelchen vom Himmel gewesen, das Christinchens Jugend behüten und bewahren und sie alle glücklich machen sollte. Und es hat auch fast so ausgesehen. In den vorigen Zeiten, worüber wir jetzt lachen, haben sich viele solche Geschichten begeben, wovon die alten Leute in meiner Kindheit noch zu sagen wußten; nun aber hört man dergleichen gar nicht mehr und keiner erlebt es, und das kommt wohl daher, weil sie nicht mehr daran glauben.

Der Baurendom

Es war einmal ein kleines Mädchen, ein Kind guter und frommer Eltern, die hieß Mariechen. Sie war ein sehr hübsches und freundliches Kind und hatte ein sehr liebendes und zärtliches Herzchen und überhaupt ein sehr lebendiges Gemüt, was sich in tausend kleinen Zeichen und Spuren offenbarte. Ihre Eltern entdeckten das sehr bald und hatten insgeheim manche Sorge darüber und sprachen wohl oft bei sich: Wie wird es unserm Mariechen einmal gehen? das Kind ist zu zart und dünn für diese grobe Erde gestaltet und sein leicht bewegliches und zärtliches Seelchen wird hier von rauhen Winden viel umher gewehet werden und doch schwerlich finden, was es sucht. Denn sie sahen, wie das Kind alles mit leidenschaftlicher Heftigkeit ergriff und wie es über den Tod eines Würmchens außer sich sein und über ein abgebrochenes Blümchen weinen konnte. Sie suchten diese zu zarte Empfindsamkeit des kleinen Mädchens nun freilich zu zügeln und hielten Mariechen mehr als ihre andern Kinder zu strenger Ordnung und gemessener Arbeit an, damit sie nicht Zeit hätte zum Träumen; aber das half nicht viel. Das Kind verrichtete seine Arbeit mit Gehorsam und Fleiß, war aber dabei immer mit den wundersamsten Gesichten und Träumen und mit einer Märchenwelt beschäftigt, die sie sich selbst schuf und worin ihre luftige und blühende Phantasie herumflatterte wie ein Frühlingsvögelein in den ersten grünen Zweigen. Mariechen hatte ein ganz besonderes Wohlgefallen an Geschichten und Märchen, und wer ihr Geschichten erzählen oder ein Märchenbuch bringen konnte, der war ihr liebster Freund. Sie wußte eine Menge Geschichten und sie behielt alle, die man ihr erzählte oder die sie las, und vergaß sie nie wieder. Aber von allen ihren Märchen und Geschichten war ihr keine so lieb als die Geschichte von den drei Domen. Diese

Dome waren gleichsam Drillinge und hießen der Prinzendom, der Edelmannsdom und der Baurendom. Diese drei Dome erscheinen wie der Vogel Phönix je alle tausend Jahre mal wieder und kommen nach vielen Verwandlungen und Proben treuer Liebe endlich in die Arme ihrer Herzallerliebsten. Mariechens Vorliebe für das Märchen von den drei Domen kam wohl daher, weil es ihr am allerersten und oftesten erzählt worden. Genug sie hatte sich so darin vertieft und ihr ganzes kleines Seelchen hineingelegt, daß sie sich einbildete, einer der Dome müsse wiederkommen und ihr Bräutigam werden. Das saß so fest in ihrem Herzchen, daß sie wohl häufig bitterlich weinte und schluchzte, wenn jemand ihr das ausreden oder bestreiten wollte. Sie hatte sich aber von den drei Domen den kleinen Junkerdom auserkoren, der ihr als ein zierlicher fröhlicher und flinker Gesell beschrieben war. Der Prinzendom deuchte ihr zu vornehm und zu schön und sie hatte ihn ihrer jüngeren Schwester zugedacht, welche Heidichen hieß und ein sehr schönes Kind war und von welcher Mariechen selbst glaubte, sie sei viel schöner als sie. Der Baurendom aber deuchte ihr wieder zu schlecht und gering zu sein.

Es kam nun oft ein Freund ihres Vaters in ihr Haus, ein unverdrossener Märchenerzähler, um den die kleinen Kinder sich daher bald versammelten. Dieser hatte das Fliegende und Sehnsüchtige in Mariechen bald entdeckt, und er suchte Wasser in das gefährliche Feuer zu gießen, nicht eben aus Absicht oder daß er meinte, es hülfe etwas, sondern weil die Menschen überhaupt so tun, daß sie gern das anrühren, was in andern Menschen am lebendigsten klingt, um sich ein gewisses Leben in ihnen selbst klarzumachen. Darum kam er immer wieder auf die Geschichte von den drei Domen, die er zuerst ins Haus getragen hatte, und wies Mariechen immer auf den Baurendom hin als den tüchtigsten von allen dreien und schilderte ihn als einen starken, tapferen, schlichten und frommen Mann, der sein Werk redlich tue, Gott und alle Menschen liebe, Häuser, Gärten und Wälder, Obst und Wein,

Pferde und Rinder, Schweine und Schafe, Gänse und Puter, Hühner und Enten und Tauben und anderes Geflügel in Überfluß habe und mit Weib und Kindern und Freunden ein sehr vergnügliches und fröhliches Leben führe. Alle diese Herrlichkeiten schilderte und malte er auf das lustigste und prächtigste aus und gab dem kleinen Junkerdom dabei immer Seitenhiebe, als welcher bei aller seiner Leichtigkeit und Zierlichkeit doch nicht aushalte gegen den Baurendom, in Leichtfertigkeit und Flatterhaftigkeit verderbe, seiner Liebsten nicht einmal treu sei und endlich von dem tapfern Baurendom niedergemacht werde. Dies alles hörten Mariechen und die anderen Kinder mit immer neuer Begierde an, obgleich die letzten Aufzüge der Geschichte immer ein vollständiges Trauerspiel wurden, wo es bei dem armen Mariechen an Seufzern und Tränen und zuletzt an Seufzern und Verwünschungen ja sogar an Verwünschungen des Erzählers einen Überfluß hatte.

Mariechen aber hielt ihren kleinen Junkerdom mit redlichem Gemüte fest und wollte nicht von ihm lassen und pflegte in ihrer Verzweiflung mit lautem Schluchzen auszurufen: »Es ist nicht wahr! es ist aber doch nicht wahr! ihr Abscheulichen belügt ihn; er ist nicht so eitel, er ist nicht untreu, der Baurendom kann ihn nicht bezwingen, der Junkerdom ist doch der beste.« Das Niedliche bei dieser Geschichte aber war, daß Mariechen ihren kleinen Junkerdom schon gefunden hatte, ohne daß ihre Eltern und der Märchenerzähler davon etwas wußten. In ihr Haus kam oft ein kleiner Junker Fritz, ein hübscher schmeichlischer und gewandter Knabe, und spielte mit ihr und ihren Geschwistern. Diesen kleinen Junker gewann sie sehr lieb und bildete sich fest ein – ließ es sich aber gegen keine Seele merken –, mit ihm werden die Domschen Verwandlungen vorgehen und sie werden beide die Liebesproben bestehen, die den kleinen Junkerdom Fritz einst zu ihrem Gemahl machen werden. In diesem süßen Wahne lebte das süße Kind einige Jahre, weil es den Fritz so liebhatte, ließ sich auch manche Neckerei gefallen, die sie von ihren Geschwistern und von andern wegen des kleinen Junkers ausstehen mußte, und sagte dann wohl mit vielen Tränen bei sich selbst: »Er ist es doch! er ist doch mein Junkerdom!« Aber ach! die Sachen änderten sich sehr. Der kleine Fritz, der von Natur wild und leicht war, ward immer wilder und leichtsinniger, wie er an Jahren wuchs, und machte manche tolle und übermütige Streiche, riß und zerrte und mißhandelte auch sein Mariechen zuweilen, worauf aber immer eine Versöhnung folgte. Endlich aber blieb er ganz weg aus dem Hause und kam gar nicht wieder, und Mariechen sah ihn nun mit andern Kindern zuweilen nur auf den Gassen und auf Spaziergängen; und der wilde Knabe sah sie nicht mehr an, sie aber weinte bitterlich und sagte: »Es ist doch wahr, was sie mir gesagt haben, der Junkerdom taugt nichts und ist leichtfertig und untreu, und der Fritz ist auch untreu.«

Mit dem Verschwinden und der Untreue des kleinen Junkers Fritz verschwand aber der Domsche Traum noch nicht aus Mariechens Herzen. Aus dem kleinen treuen lieben Herzen verschwand so leicht nicht, was einmal darin gewurzelt hatte. Sie trug den schönen Traum immer warm mit sich herum und hegte ihn als ihr Schoßkind, und das sonderbarste war, daß sie sich nun, da die erste Probe mit Junker Fritzchen so schlecht abgelaufen, den Baurendom auserwählt hatte, denn der Prinzendom war schon lange an ihre Schwester Heidichen vergeben. Mariechen war elf Jahre alt, als ihre Liebe zu Junker Fritzchen zerbrochen ward, und die drei folgenden Jahre hat sie nichts anderes geträumt als die Geschichte von den drei Domen. Nun begann sich, als sie vierzehn Jahre alt geworden, etwas, das aus dem Märchen ein Märchen machte, und das muß ich nun erzählen.

Mariechens Vater war in seinen Geschäften nach der großen Stadt Leipzig auf die Messe gereist und hatte Mariechen und noch zwei seiner Kinder mitgenommen. Auf der Rückreise fuhren sie einmal durch eine sehr anmutige Gegend an der Elbe hin. Die Sonne ging eben auf, sie sahen ein freundliches Dörfchen mit bunten Häusern und lustigen

Gärten vor sich liegen, und auf einer grünen Wiese, die von hohen Eichen umwachsen war, trieben muntere kleine Knaben in schneeweißen Hemdärmeln und gestreiften Jäckchen singend und tralleiend ihre Herden hin. Kaum hatte Mariechen dies alles einige Augenblicke mit ihren lebendigen blauen Äuglein beschaut, so sprach sie bei sich: »Hier ist es! hier ist es! hier muß er sein und verwandelt werden!« Grade so sahen das Dörfchen und die Wiese mit dem grünen Walde und die Herden aus, wo der kleine Baurendom in dem Märchen lebte, als er für seine Liebe so oft verwandelt worden ist. – Sie fuhren weiter, aber Mariechen mußte die ganze Reise daran denken, und auch, als sie zu Hause gekommen waren, ließ ihr der Gedanke daran bei Tag und Nacht keine Ruhe. Was tat sie also? Als sie es länger nicht mehr aushalten konnte, packte sie, als es Nacht war und alles im tiefsten Schlafe lag, ihr kleines Bündelchen zusammen und nahm es unter den Arm und ging aus der Türe, das Abenteuer mit dem Baurendom zu erleben. Sie war sehr fröhlich im Herzen, aber mußte doch weinen, wenn sie an den Kummer dachte, den sie ihren lieben Eltern durch ihre Flucht machte. Sie ließ für sie in dem Kämmerchen, worin sie schlief, ein bewegliches Brieflein zurück, worin sie schrieb: »Lebt wohl, liebe Eltern, bis auf das Wiedersehen mit meinem Bräutigam, dem Baurendom. Ich muß in die weite Welt gehen und ihn aufsuchen, eher find ich keine Ruh, und ihr müßt mir's wohl erlauben, wenn ihr nicht wollt, daß ich sterben soll. Ich weiß wohl, wohin ich gehe, aber ihr wisset wohl, daß darum kein Mensch wissen darf, denn sonst könnte das Märchen ja nicht fertig werden. Eure liebe Tochter Mariechen.«

So war Mariechen um Mitternacht fortgegangen. Den andern Morgen ist großer Jammer und große Klage um das Kind geworden, wie es dem armen Mariechen mit seinen bunten Träumen in der bösen fremden Welt gehen würde, und ihre Eltern haben Boten ausgeschickt zu Fuß und zu Pferde auf allen Straßen, und sie selbst sind auch umhergefahren, sie zu suchen und zu erfragen, aber keiner hat sie finden können, und traurig sind sie alle heimgekommen. Mariechen aber ist richtig hingekommen, wohin sie wollte, wiewohl das Dorf, wo der Baurendom verwandelt werden sollte, an fünfzehn Meilen von ihres Vaters Hause war. Und als sie in das Dörfchen ankam, das Weiseritz hieß, klopfte sie an die Türe eines Hauses, wo sie eine freundliche Frau durch das Fenster gucken sah, und ihr ward aufgetan. Und sie hat sich bei der Frau, die eine Bäuerin war, als kleine Magd verdungen; aber das ist so leicht nicht gegangen. Die Bäuerin sah das hübsche Kind, als es in seinen netten Kleidern hereintrat und fragte, ob sie nicht eine kleine Magd im Dienst brauchen könne, ganz verwundert an und sprach: »Mein Kind, eine kleine Magd gebrauchte ich wohl, aber eine kleine Magd, wie du mir aussiehst, kann ich nicht gebrauchen. Sage mir nur, wie kommst du hieher? haben deine Eltern dich verloren? hast du dich etwa von der Straße verirrt? oder bist du heimlich aus deiner Eltern Hause gegangen? Sage es mir, und fürchte dich nicht: Wir wollen dich gern wieder hinbringen.« Das Kind antwortete ganz beherzt: »Das kann ich Euch alles nicht sagen, Mutter. Genug ich bin ein christliches ehrliches Kind und will als kleine Magd bei einer Bäuerin dienen; warum ich das aber will, das darf ich keiner Seele sagen. Ich kann spinnen und nähen und den Garten bestellen und Gänse, Hühner, Enten und Tauben füttern; das kann ich so gut als eine andere, auch wohl eine Herde Kühe hüten – und behaltet Ihr mich nicht, so gehe ich zu jemand anders.« Die Bäuerin redete Mariechen auf diese Worte noch weiter zu, da sie aber weder etwas aus ihr herauslocken noch sie von ihrem Vorsatze abbringen konnte, und da ihr das niedliche Kind über alle Maßen gefiel, so sprach sie: »Nun, wenn du es durchaus willst, so behalte ich dich, bei mir bist du gut aufgehoben und sollst auch keine zu schwere Arbeit tun.« Sie behielt Mariechen und gab ihr sogleich kleine Sachen zu nähen in die Hände, woraus sie sah, daß das Kind geschickt war. Weil es aber Sommer war, hatte das Kind am meisten im Garten zu tun, mußte aber auch oft das Vieh im Walde und auf der grünen Wiese hüten, wo sie jenen schönen Morgen, als sie mit ihrem Vater von Leipzig kam, bei Sonnenaufgange die Herden hatte treiben sehen.

Warum aber wollte Mariechen durchaus als Magd bei einer Bäuerin dienen? Darum, weil diejenige, welche den Baurendom aus seinen schlimmen Verwandlungen erlösen soll, sich durchaus zur Magd erniedrigen muß. Das hat in den ältesten Zeiten für den Baurendom schon einmal eine königliche Prinzessin getan und ist eine glückliche Frau geworden. Denn Mariechen hatte die Domschen Geschichten so oft erzählen gehört und hatte sich aus ihnen alles genau gemerkt, was diejenige tun muß, welche den Baurendom erlösen und seine Frau werden will.

Als Mariechen zum ersten Male die Herde über den Hof und durch das Dorf auf die Wiese hinaustrieb, da jauchzte und jubelte es in ihrer Seele, wie es in dem Seelchen der Lerche jubelt und jauchzt, wann die Morgenröte im Ost aufblühet; sie dachte: Nun wird die süße Geschichte mit dem Baurendom bald angehen. Sie kam auf der grünen Wiese zu den andern Knaben und Mädchen, welche dort Herden hüteten, sie sah im Hintreiben durch das Dorf manchen hübschen jungen Gesellen und Knaben, aber sie sah keinen, bei welchem es ihr deuchte, daß er ihr Baurendom sein könnte, und sie seufzte tief: »O sollte er hier in Weiseritz nicht sein? O sollte er hier nicht kommen? Das Dorf und diese Wiese und dieser grüne Eichwald ist doch grade so wie in der Geschichte selbst.« Aber der Dom kam nicht. Das liebe Kind sah im Dorfe und auf der Wiese genau umher, sie gab an den Kirchtüren acht, sie guckte in alle Fenster, ob nicht ein Baurendom hinter ihren Scheiben lauschte, sie fragte die Sonne und den Tag, sie fragte den Mond und die Sterne, sie schüttelte alle Büsche und Blumen auf, ob nicht ein feiner und hübscher Jüngling darunter schlafe – ach! aber nicht im ganzen Dorfe, nicht in der Kirche und hinter den Fenstern, nicht auf der grünen Wiese und in dem Eichenwalde und nicht bei Sonnenschein und nicht bei Sternenschein konnte sie ihren geliebten Baurendom finden. Sonst ging es Mariechen sehr wohl. Die Bäuerin, bei welcher sie als kleine Magd diente, war eine fromme und freundliche Frau, welche Mariechen bald überaus liebgewann, sie wie ein Kind im Hause hielt und ihr nichts anderes als reinliche und leichte Arbeit auflegte.

So hatte Mariechen sich in Weiseritz wohl einen Monat gesehnt und oft im stillen geseufzt und geweint, daß der Dom immer nicht erscheinen wollte – siehe! da ist der Dom wirklich gekommen. Die Bäuerin, bei welcher Mariechen als kleine Magd diente, hatte einen einzigen Sohn, der hieß Hans. Diesen hatte sie nach Wittenberg in eine Schule geschickt, daß er ein wenig mehr lernen möchte als gewöhnliche Bauerkinder und dann seines Vaters Gütchen vorstände, welches das ansehnlichste im ganzen Dorfe war. Die Frau war aber eine Witwe und hieß Else Gödeke. Hans hatte nun seine Schule durchgemacht und kam zu Hause. Er war siebenzehen Jahre alt, ein schöner schlanker Jüngling, mit blauen Augen und blondem Haar und einem schwärmerischen Blick, worin viele Märchen zu lauschen schienen. Der gefiel Mariechen in dem ersten Augenblick, aber weil sie ihn sogleich zu liebhatte, konnte sie gar nicht an den Dom denken, sie dachte nur an den Hans und träumte Tag und Nacht von ihm und sang Reime und Lieder von ihm, wann sie hinter ihren Kühen auf der Wiese und im Walde juchheiete. Der Dom war ihr ganz aus dem Köpfchen, und sie faßte alle ihre Träume, Gedanken und Gefühle in das Haus und den Garten der Bäuerin Else Gödeke ein, und es deuchte ihr von Anfang an ganz natürlich, daß sie mit ihrem Hans Gödeke als Bäuerin lebte und stürbe. Die reine und unschuldige Liebe gleicht ja alles aus, und vergißt in ihrer ersten Wonne, wie viele scharfe Ecken die unbarmherzige Welt hat, woran auch der Beste zerstoßen werden muß. Auch Hans hatte Mariechen bald über sein Leben lieb, er barg es aber blöd und still im Herzen und durfte es dem Mädchen nicht sagen. Aber die Liebe findet ihre Gelegenheit, wenn sie sie auch nicht sucht.

Mutter Else war nach der Stadt gefahren gewesen und hatte sich ein paar schneeweiße Hühner und einen schönen weißen Hahn zur Zucht mitgebracht. Diese wurden den Abend auf der Flur von ihren Fußfesseln befreit und sollten in den Hühnerstall gesetzt werden. Hans trug die Hühner und Mariechen den Hahn. Aber o weh! der Hahn gebärdete sich wild, schlug Mariechen mit seinen Flügeln ins Gesicht, und Mariechen ließ ihn fahren, und er flog in den Garten. Die beiden jagten ihm nach, und er flog auf die Wiese; sie jagten weiter, und er flog in den grünen Wald. Dort griffen sie ihn endlich nach der Jagd einer guten Viertelstunde und setzten sich ermüdet unter einer grünen Eiche, wodurch das freundliche Abendgesicht des Mondes sanft blickte. Die unschuldigen Kinder bliesen ihren Atem einander an und bliesen einen andern Atem auf, der lange verborgen in ihnen geglommen hatte. Hier unter dieser grünen Eiche faßte Hans zuerst Mariechens Hände und rief: »O Mariechen!« und wollte das holde Kind an sich ziehen und es umhalsen und küssen. Aber o Wunder! sie fuhren in demselben Augenblick erschrocken auseinander und standen wie zwei arme Sünder da; denn ein eisgrauer Mann mit einem weißen Stabe stand im Mondschein schauerlich da und murmelte leise Worte. Er murmelte aber:

Herum! herum! und wieder herum!
Das Glück ist rund, die Welt ist dumm.
Das runde Glück muß rollen,
Die dumme Welt muß schmollen.
Nun rolle Glück und schmolle Welt!
Will sehn, wie euch der Wandel gefällt.

Und in derselben Minute, als der Alte sein letztes Wort ausgemurmelt hatte, war Hans nicht mehr da und der alte graue Mann nicht mehr da, und Mariechen stand ganz allein an der grünen Wiese unter der Eiche, und das arme Kind zitterte und bebte vor Furcht und Schrecken an allen Gliedern. Als sie sich besann, sah sie ein kleines grünes Dornsträuchlein auf der Stelle stehen, wo eben Hans gestanden hatte. Es war ein

Schlehenstrauch und stand da mit schneeweißen Blüten und rührte seine grünen Blättchen fröhlich im Abendwinde. Und Mariechen, als sie sich besonnen hatte und ihn erblickte, rief außer sich vor Freuden: »Mein Dom! mein Dom! mein süßer Baurendom! mein Hans! mein Bräutigam! so bist du denn endlich da?«

Und das Kind warf sich auf die Erde und umschloß das Dornsträuchlein mit seinen Armen und herzte es und küßte es und weinte viele Tränen darauf, und es ist wohl jede Blüte und jedes Blättchen des Sträuchleins mit einem Tränchen aus ihren Augen benetzt worden. Und Mariechen lag wohl drei Stunden so und hielt das Dornbüschchen zärtlich in ihren Armen; dann hörte sie es zwölf schlagen, sagte ihm mit tausend Küssen Lebewohl, nahm den weißen Hahn, dem Hans mit seinem Schnupftuche die Füße zusammengebunden hatte, und ging zu Hause.

Die Mutter Else war in Angst und wachte noch, als Mariechen mit dem weißen Hahn ankam. Sie fragte: »Aber Mariechen, wo ist Hans?« »O der böse Hans«, sagte Mariechen, »der ist weggegangen, ich weiß nicht wohin. Wir hatten lange nach dem Hahn gejagt, da hat er mich verlassen und ist durch den Wald fortgegangen. Ich denke er ist nach Wittenberg, denn er hat heut gesagt, er habe da noch allerlei vergessen, das er sich einmal holen gehen müsse.« Und die alte Frau sagte: »Hm! Hm! es ist doch möglich.« Und sie gingen zu Bett.

Und Hans kam den andern Tag nicht zu Hause und auch den zweiten und dritten Tag nicht. Und Else ward sehr unruhig und ließ ihren Knecht satteln und gen Wittenberg reiten, daß er sich nach Hans erkundigte. Aber der Knecht kam wieder und sagte: »In Wittenberg hat kein Mensch den Hans gesehen.« Und es vergingen Wochen und Monate und er kam nicht wieder. Und seine Mutter trauerte sehr um ihn und sagte: »Den weißen Hahn habe ich wieder gegriffen, aber der gelbe ist mir entflogen.« Die Bäuerin spielte aber mit diesen Worten auf ihres Sohnes schöne lange gelbe Locken an. Und sie meinte, es sei ihm etwas eingefallen und er sei in die weite

Welt gegangen, wie junge Leute oft tun. Sie sah nun Mariechen immer mehr wie ihr eigenes Kind an und gewann sie noch lieber. Und Mariechen war auch gegen Elsen sehr lieb, aber doch hatte sie das kleine Schlehdornsträuchlein am liebsten in der ganzen Welt.

Es ist wohl nie ein Strauch so geliebt worden als dieser kleine Strauch. Jeden Tag hat Mariechen ihn wohl zehnmal besucht und ihn geherzt und geküßt, und wann sie das Vieh hütete, ist sie nicht von ihm gekommen, im Mond- und Sternenschein ist sie immer manche liebe Stunde bei ihm gesessen und hat mit ihm gesprochen und ihm vorgesungen und geküßt und mit mancher Träne begossen und mit den buntesten Blumenkränzen umwunden. Auch keinen schlimmsten Wintertag und keine schauerlichste Winternacht ist Mariechen von dem Sträuchlein geblieben und ist selbst fast erstarrt an ihm, da sie ihn an ihrem Herzen erwärmen wollte. Und das liebe Kind hat so ganze Stunden mit ihm vertändelt und verflüstert und verspielt, als seien es Sekunden, und hat wohl zu ihm gesprochen: »Mein allerliebstes kleines Sträuchlein! mein kleines weißköpfiges niedliches und lustiges Schlehensträuchlein! mein kleiner süßer und krauser Bräutigam!« und hat sich eingebildet, daß er es verstünde und dazu nickte. Und man weiß nicht, ob er es nicht verstanden hat. Aber oft hat sie auch über ihn geweint und gejammert und gesprochen: »Ach mein armes süßes Dornbüschlein! wie mußt du hier verachtet stehen, und trauren und warten! und ich Arme muß zittern, daß einmal ein Beil kommt und haut dich ab und daß einmal ein Tier mit scharfen Zähnen und rauher Zunge dich halb auffrißt und zerreißet.« Vor den Beilen und Äxten hatte Mariechen eine unbeschreibliche Angst, und wenn sie sie irgendwo im Walde schallen hörte, konnte sie das Ächzen und Weinen gar nicht lassen. Da hat sie denn das Dornsträuchlein oft so fest umklammert, als wenn sie an ihm sterben wollte, und sich manchen scharfen Dorn in ihre schneeweiße Brust gedrückt, daß es geblutet hat. Und wenn sie solches Blut gesehen, hat sie sich gefreut und es genommen und auf das Sträuchlein gestrichen. Sie meinte, er werde es fühlen, daß es seines Mariechens Blut sei, und sich auch freuen, oder sie hat vielleicht dabei auch an eine Verwandlung gedacht. Er ist aber durch ihr Blut nicht verwandelt worden. So hat das liebe Mariechen zwischen Freude und Trauer den Sommer und Winter hingebracht und immer an sein geliebtes Schlehdornsträuchlein denken müssen. Denn hätte sie nur *einen* Augenblick an etwas anderes in Liebe gedacht, so wäre es nimmer erlöst worden.

Es war wieder Frühling und das Wetter sehr schön geworden, und ein ganzes Jahr war vergangen seit jenem Abend, wo die beiden dem weißen Hahn in den Wald nachgelaufen waren. Die Sonne war lange unter, Else war zu Bett, da schlich sich Mariechen ihrer Gewohnheit nach durch den Garten über die Wiese in den Wald zu ihrer Eiche und ihrem Schlehendörnlein, das wieder mit grünen Blättern und weißen Blüten prangte. Sie saß bei ihm, hielt es umschlungen und ihr Herz war ihr so sehnsüchtig und tränenweich und sie mußte sprechen: »Ach! du liebstes, liebstes Dornsträuchlein, könntest du doch sprechen, daß du es auch weißt, was mein junges Herz um dich leidet!« Und Mariechen weinte und sang mit trauriger Stimme:

Grüne Bäume in den Hainen
Und ihr Blümlein bunt und schön,
Sternlein, die so freundlich scheinen!
Und der Menschen Leid verstehn,
Und du süße Nachtlaterne,
Mildes frommes Mondenlicht,
Dem mein krankes Herz so gerne
Traulich sein Geheimnis spricht.

Höret meine stillen Klagen,
Ach! mir brennt das junge Herz!
Keinem Menschen darf ich sagen
Meine Sehnsucht, meinen Schmerz,
Die gefühllos kalten Lüfte

Wissen meine Not allein
Und ihr zarten Blumendüfte
Und du frommer Mondenschein.

Oder weiß mein holder Knabe,
Weiß mein kleiner Grüner auch,
Was ich Liebes Leides habe?
Weiß es dieser Dornenstrauch?
Ach! er hört nicht, ach! er fühlet
Drinnen weder Leid noch Lust
Und ein schlimmer Zauber kühlet
Ihm mit kalter Nacht die Brust.

Und als Mariechen noch sang, da rauschte es geschwind durch die Büsche herbei und siehe! der alte Greis mit dem weißen Stabe stand plötzlich wieder da, daß sie vor Schrecken von ihrem Schlehbusche auffuhr. Er berührte den Strauch mit seinem Stabe und und winkte und murmelte wieder:

Herum! Herum! und wieder herum!
Das Glück ist rund, die Welt ist dumm

und in einem Hui war der Strauch und er selbst verschwunden, und wo der Strauch gestanden, lag ein schwarzes Hündlein und bellte und sprang bald an das erschrockene Mädchen hinan.

Und Mariechen besann sich wieder und nahm das Hündchen in ihren Arm und küßte es vieltausendmal und weinte und rief: »O mein süßes, süßes Hündchen! wie lieb will ich dich haben! wie will ich dich speisen und tränken! wie will ich dich hegen und pflegen! auf meinem Schoße sollst du sitzen, in meinem Bette sollst du schlafen, wo ich gehe und stehe, da sollst du mit mir sein.« Und das Kind sprang und hüpfte mit dem kleinen schwarzen Hunde fort und sah nicht, wie häßlich er war, und trug ihn mit sich in ihr Kämmerlein und legte ihn neben sich in ihr Bettlein und schlief seelenvergnügt ein.

Den andern Morgen kam sie mit dem schwarzen Hündchen in die Stube der Mutter Else, und sie fragte sie, woher sie das Hündchen habe. Das durfte die kleine Marie wieder nicht sagen, und sie sprach, das Hündchen sei ihr gestern abend so zugelaufen, und sie habe es mitgenommen, weil es ja ein gar hübsches und schmeichlisches Hündchen sei, und sie wolle es behalten und liebhaben. Da lachte die Else und schalt sie zugleich und sagte: »Das Hündchen hübsch und schmeichlisch? Es ist ja ein rechter garstiger kleiner Balg; den behielte ich nicht, wenn er mein Hund wäre, und wenn man mir einen blanken Taler zugäbe. Schaffe das kleine häßliche Tier wieder hinaus, mein Kind! ich will dir Geld geben und du sollst dir ein viel schöneres Hündchen kaufen.« »Ach! Mutter!« rief das Kind, »laßt mich nur dieses schwarze Hündchen behalten, es ist das liebste und schönste, und tut mir nicht den Schmerz und verachtet mir es so.« Und sie drückte der Mutter die Hand, und bei diesen Worten liefen ihr die hellen Tränen über die Wangen. Und Else schwieg still und ging weg und dachte ihr Teil; denn sie wußte, daß Mariechen ein besonderes Kind war und auf ihrem Sinn bestand. Also ließ sie es geschehen mit dem Hündlein, weil sie wohl mußte.

Der kleine schwarze Hund war wirklich so garstig, als man nur einen Hund sehen konnte. Wieviel Mariechen ihn auch waschte und striegelte und kämmte, er war gleich wieder rauh und schmutzig; auch sah er aus wie ein Hundegreis, keinen Zahn hatte er mehr im Munde, seine Augen waren triefend, sein Gebell war jämmerlich, von Gemüt war er traurig und beißig, und kein Mensch konnte ihn ausstehen, und alle Leute erstaunten, daß Mariechen dieses häßliche und widerliche Tier so viel herzte und küßte und so zärtlich mit ihm umging, und einige sagten wohl hinter ihrem Rücken: »Das geht wohl nicht mit rechten Dingen zu, das hübsche Mädchen muß mit dem häßlichen Hunde behext sein.« Und es sah beinahe so aus. Mariechen stand unbeschreiblich viel mit dem Tiere aus und doch hatte sie es unbeschreiblich lieb. Denn das schwarze Hündchen war nicht allein so häßlich und mürrisch und grämlich, sondern es hatte noch die Unart, daß es oft die halben Nächte durch beinahe in einem fort bellte. Sie konnte dann nicht schlafen und ward ganz blaß und elend darüber, aber doch behielt sie ihn am liebsten und ließ ihn auch nicht einen Augenblick von sich.

Mariechen war ein sehr schönes Mädchen geworden und gefiel allen Leuten, die sie sahen. Die alte Else hatte sich verlauten lassen, sie sehe das niedliche Jüngferchen wie ihr eigenes Kind an und werde ihr eine hübsche Ausstattung geben an Geld und Leinenzeug, wenn sich ein wackerer Freier finde; vielleicht werde sie gar einmal ihre Erbin, wenn ihr Hans nicht wiederkommen sollte. Es fand sich also bald mancher recht hübsche Junggesell, der auch Elsen gefiel, als Freier ein; aber Mariechen wollte von keinem Freier hören und sagte etwas stolz: »Wenn der nicht kommt, den ich meine, bleib ich in Ewigkeit eine Jungfrau«; so daß Else oft ihren Verdruß darüber hatte und den Kopf schüttelte und sprach: »Es ist sonst ein so freundliches und frommes und gehorsames und christliches Kind und ich kann diesen Trotz gar nicht begreifen.«

Mariechen hatte mit ihrem häßlichen schwarzen Hündchen ihr Jahr getreulich ausgehalten. Und als das Jahr um war und Mariechen eben mit ihm im Bette lag und ihm die Zotten kämmte und den Kopf kraulte, siehe! da klopfte es an die Türe ihres Kämmerleins und der wohlbekannte Alte trat wieder herein, berührte das Hündchen mit dem weißen Stabe und murmelte:

Herum! herum! und wieder herum!
Das Glück ist rund, die Welt ist dumm

und in derselben Sekunde war das Hündchen weg und der Alte war auch weg, und an der Stelle, wo das Hündchen eben noch im Bette gelegen hatte, kroch eine recht garstige Kröte. Und Mariechen war zusammengeschaudert vor der Erscheinung und vor der Kröte. Doch besann sie sich sogleich wieder, nahm die Kröte in ihre Hand, und wiewohl die Hand schauderte vor der eisigen Kälte des kriechenden Untiers, hielt sie sie fest, ja sie küßte sie mit ihren süßen Lippen und benetzte sie mit ihren Tränen und rief: »Liebe Kröte, hast du nur Liebe in deiner Brust, so will ich es wohl behaupten mit dir.« Und sie küßte die Kröte wieder und streichelte das rauhe garstige kalte Tier mit ihren Händchen und legte es an ihr Herzchen und weinte die hellen Tränen auf seinen Rücken hinab und rief: »Ja gewiß hast du Liebe, du hast ein warmes, warmes, warmes Herz, wohl wärmer als mein Herz, und darfst es dir nur nicht merken lassen.«

Und Mariechen fiel etwas ein, und sie stand auf und schlug sich ein Licht an und holte Zucker und Honig und das feinste Weißbrot und fütterte die Kröte; und die Kröte war sehr hungrig und fraß lüstern. Und Mariechen setzte sich nun voll Freuden hin und nähte sich aus roten Seiden ein feines und weiches Beutelchen und tat die Kröte da hinein. Und sie band das rote seidene Beutelchen mit Bändchen um ihren Hals fest und ließ es auf die Brust herabhängen; da mußte die Kröte in dem Beutel auf ihrem Herzen liegen und lauschen, und es ist Mariechen oft gewesen, als habe sie das Tier vor Lust über sein anmutiges Lager leise zischen hören. Das war aber wohl Einbildung, denn sie sagen, die Kröten haben keinen Laut. So hat die Kröte in dem roten seidenen Beutelchen denn immer an Mariechens Herzen gelegen bei Tage und bei Nacht, und nur wann sie sie mit Zucker und Honig und andern Süßigkeiten speiste und tränkte, nahm sie sie heraus. Sonst tat sie es nie, so gern sie auch ihre Augen an ihr geweidet hätte; denn sie fürchtete, die Kröte könne ihr weglaufen oder jemand könne auch kommen und ihr was zuleide tun. Sie war auch sehr heimlich und ließ sich vor keiner Menschenseele merken, daß sie eine Kröte hatte; denn was würden Mutter Else und die andern Leute dazu gesagt haben?

Man konnte jetzt gewiß von Mariechen sagen, sie trug ein schweres Geheimnis auf dem Herzen. Denn es ist ihr wohl ein schweres, schweres Jahr geworden, daß sie die Kröte so getragen hat, und sie wäre oft beinahe davon vergangen. Sie liebte das garstige Tier über alles in der Welt, und doch hatte sie auch wieder einen unüberwindlichen Ekel davor, den Menschen vor Schlangen und Kröten nun einmal von Natur so haben. Das Schlimmste und Schwerste aber war die eisige Kälte der Kröte, die sie durch ihre Brust bis tief in ihr Herz hinein fühlte und die oft so fürchterlich war, daß das arme Herzchen fast hätte brechen mögen. Das war aber noch viel schrecklicher, wenn die Kröte sich im Beutel bewegte und wohl zuweilen aufhüpfte. Dann bekam das Kind ein so entsetzliches und zuckendes Herzklopfen, als ob sie den Augenblick des Todes sein müßte. Und Mariechen mußte immer ein heiteres Gesichtchen dazu machen und es alles in sich verbeißen, und durfte sich nicht merken lassen, welche unsägliche Schmerzen sie litt. Sonst hätten die Leute wohl mal zusehen wollen, ob sie an ihrer Brust auch einen heimlichen Schaden hätte. Den Schaden aber, den sie da hatte, wollte sie keinen sehen lassen. Dabei hatte das arme Kind noch eine Sehnsucht in der Brust, die von Tage zu Tage gewaltiger ward und die sie oft viele Nächte nicht schlafen ließ, so daß sie ganz krank und blaß ward und daß Mutter Else bedenklich kopfschüttelte und alle Leute flüsterten, was es doch mit Mariechen sein möge, die sonst ein so munteres und rosenrotes Kind gewesen und nun aussehe wie der Schnee im März. Sie durfte aber davon nicht sprechen, sondern duldete alles in stiller Treue und hielt es redlich aus mit der Kröte; bis das Jahr um war.

Und als das Jahr um war, da war ein schöner Sommerabend und Mariechen saß unter der Eiche, die ihr der liebste Baum geworden war von allen Bäumen auf Erden, und ihr Herz war ihr so krank und so sehnlich und sie hatte ihr Köpfchen in dem grünen Grase auf die Stelle hingelegt, wo einst der geliebte Schlehenstrauch gestanden hatte, und die Kröte lag weich und warm in ihrem Beutel und streckte den Kopf heraus und schnappte nach den Erdbeeren, die das liebliche Kind ihr hinhielt. Und siehe! als sie so da saß, stand der alte graue Mann mit dem weißen Stabe plötzlich vor ihr, legte den Stab auf ihren Kopf und sang:

Dreimal hast du's wohl vollbracht
Und nun tritt es aus der Nacht
Und die seltne Liebestreu
Macht den schlimmen Zauber frei,
Hast es ritterlich gewonnen:
Baurendom, komm an die Sonnen!

Und er nahm den weißen Stab von Mariechens Haupte und berührte die Kröte damit. Und die Kröte sprang stracks mit Gewalt aus dem Beutel auf die Erde und schwoll auf und ward jede Sekunde größer und größer und stand zuletzt wohl wie ein Ochs da, so daß Mariechen vor Angst zitterte und bebte und fliehen wollte, aber sie konnte nicht. Und auf dem Rücken dieser ungeheuren Kröte strahlte etwas gleich dem hellesten Karfunkel und Diamant und glänzte, als hätten sie ihm eine kleine Sonne hineingesetzt. Und der Alte nahm den Stab wieder und berührte den Glanz und murmelte wieder:

Herum! herum! Und wieder herum!
Das Glück ist rund, die Welt ist dumm

und in demselben Augenblicke krachte es wie ein Donnerschlag und Mariechen sah den allerköstlichsten Edelstein aus dem Rücken der Kröte springen und zu ihren Füßen hinrollen – und o liebliches Wunder! die Kröte war weg und der allerschönste Jüngling stand da. Und Mariechen schrie laut auf vor Freuden und fiel ihm in die Arme und rief: »O lieber lieber Hans! o mein Dom! o mein süßester Baurendom!« Und die beiden hielten sich umschlungen, und der aufgehende Mond und die lieben Sternlein lächelten freundlich dazu, und auch der Alte mit dem Stabe schaute freundlich darein und sprach: »Ja dies ist dein Baurendom, liebes Mariechen, den du durch die unvergleichlichste Treue und Liebe, welche die härtesten Proben bestehen mußte, gewonnen und erlöst hast. Du süßes Kind hast wieder zu Ehren gebracht, was die Welt nur noch als ein verschollenes Märchen gehört hat, daß es Liebe gibt, die über den Tod aushält. Nimm nun den Lohn deiner

Schmerzen, und freut euch und seid glücklich. Du, Hans, sei immer lieb und treu, denn solch ein Weib findest du auf Erden nicht mehr als Mariechen, und du, liebes Mariechen, bleibe lauter und rein wie dieser Diamant, der zu deinen Füßen liegt, das Zeichen und der Lohn.«

Und der Alte verschwand mit diesen Worten, und sie haben ihn nie wieder gesehen. Wie lange Hans und Mariechen da noch im Mondschein gestanden und wie viel sie sich geküßt und was sie sich alles erzählt haben, das wäre zu lang zu beschreiben. Genug, als es schon nach Mitternacht war und alle Leute im Dorfe im tiefsten Schlafe lagen, da hat die Glocke, die ihr Eins vom Turme brummte, Mariechen erinnert, daß sie zu Hause gehen müßten. Und sie haben gleich Licht angemacht und Mutter Elsen aufgeweckt und ihr alles bekannt und erzählt, wie wundersam es ihnen ergangen, und die Mutter hat gern den Segen über sie gesprochen und zu Hans gesagt: »Lieber Sohn, du bekommst das treueste und schönste Weib auf Erden, und wenn du der Baurendom heißest, so sei auch freundlich und lieb und treu gegen dein Mariechen, wie die früheren Baurendome immer gegen ihre Herzallerliebsten gewesen sind.« Und Hans hat es versprochen und gesagt: »Liebe Mutter, ich muß es ja wohl sein, nicht bloß deswegen, weil ich der Baurendom bin und heiße, sondern Mariechen ist ja hold und freundlich wie die Engel im Himmel; wer könnte einem so lieben Kinde was zuleide tun?«

Und Hans und Mariechen haben bald eine lustige Hochzeit gehalten, und Mutter Else hat ihnen das ganze Gut übergeben. Sie waren aber sehr reich geworden, denn der Stein, der aus dem Rücken der Kröte gesprungen, war ein reiner heller Diamant, und den haben sie um fünf Tonnen Goldes verkauft. Und Hans hat ganz Weiseritz dafür erworben und mehrere andere Güter und Forsten.

Und Mariechen hat zu ihrem Hans gesagt: »Nun, mein lieber Hans, sei recht frisch und flink und zeige, daß du der echte Baurendom bist. Baue nun hier am Walde, wo die Eiche steht und wo wir nach dem Hahn gejagt haben und wo du als Schlehdorn geblüht hast und als Hündchen gebellt und als Kröte wieder in den alten Hans verwandelt bist, drei nette Häuser hin, zwei große und ein kleines, und bei jedem Hause lege mir einen hübschen Garten an mit allerlei Bäumen und Blumen. Das eine Haus soll für uns beide sein, das zweite für die Eltern und Geschwister und das dritte kleine für den Märchenerzähler, wenn die mal kommen und uns besuchen. Denn der Märchenerzähler hat mir gesagt, so sei es bei dem Baurendom, er habe die nettesten und schönsten Häuser und Gärten und Wälder und Wiesen, und es wird mir eine Lust sein, wenn ich ihn hier bei uns in seinem eigenen Häuschen einquartieren kann und wenn er in meinen Wäldern spazieren und sich dort von unsern Bäumen und Blumen und Vögeln Märchen zuflüstern lassen kann; denn er hat immer gesagt, die erzählen ihm alles, was er weiß. Und wir müssen nun seine Prophezeiung wahr machen und ihm zeigen, daß es bei uns wirklich so ist, als es bei dem Baurendom sein soll, und daß du der echte Baurendom bist.«

Und der Baurendom hat Mariechens Worte mit Lust angehört und alles getan und gemacht, wie sie es wünschte, und im zweiten Jahre sind die drei Häuser und die Gärten fertig gewesen. Und da haben sie sich beide aufgemacht und sind zu Mariechens Eltern gereist und haben auch ihnen alles erzählt, wie es sich mit ihnen beiden wunderbar begeben hatte. Und auch da ist große Freude geworden über das wiedergefundene Töchterlein und daß sie einen so schönen und reichen und treuen Baurendom gefunden hatte. Mariechen hat aber ihre Schwester Heidichen auch nicht mehr zu Hause getroffen. Die hatte richtig ihren Prinzendom gefunden und ihn auch durch manche harte Probe aus der Verwandlung erlöst und war nun eine große Königin geworden. Sie hat Mariechen nachher auch in all ihrem königlichen Glanze besucht, und Mariechen hat sich so glücklich gedünkt, daß sie ihren lieben Baurendom nicht gegen den König vertauscht hätte. Aber von dem Junkerdom haben sie nichts erfahren können; das haben aber alle Leute gewußt, daß der kleine Junker Fritz kein Edelmannsdom geworden war, sondern er trieb es etwas windbeutelisch in der Welt, und es ging ihm auch windbeutelisch, bald schlecht bald gut bald oben bald unten, wie es solchen Leuten gewöhnlich geht, von welchen man sagen kann: »Wie der Wind wehet.«

Und Mariechens Eltern sind mit ihr gereist und auch der Märchenerzähler und haben sich manchen schönen Sommermonat bei ihren Kindern gefreut, und sie sind immer alle Sommer wiedergekommen. Und wann der alte Märchenerzähler dann in seinem niedlichen bunten Häuschen wohnte und in seinem hübschen Gärtchen auf und ab ging und durch den Wald und über die Wiesen strich und mit den Blumen und Vögeln tausend Spiele und Vertraulichkeiten hatte, da hat er Mariechen auf die Wangen geklopft und wohlgefällig gesprochen: »Siehst du wohl, Mariechen, daß es alles genau so geworden ist, wie ich dir erzählt habe? daß es alles ganz so ist? der Wald und die Wiesen die Häuser und Gärten und Felder und Herden und Äpfel und Birnen und Pflaumen und Puter und Gänse und Hühner und Tauben – alles ganz so?« Da hat Mariechen denn gelächelt und geantwortet: »Jawohl, ja wohl, lieber Ohm, es ist alles so. Ich sehe wohl, daß ich den rechten Baurendom gekriegt habe; aber ein wenig haben wir es auch eingerichtet nach unserm Märchen, denn von selbst wollen die Märchen auch nicht so werden, wie du sie erzählst.«

Artemis & Winkler

Literatur hat ein neues Gesicht

Artemis & Winkler
Literaturkalender

Mit den Dichtern durch das Jahr

ISBN 3-538-06941-7

Märchen, Erzählungen, Gedichtsammlungen

Brüder Grimm

Irische Elfenmärchen

ISBN 3-538-06922-0

Der Druide und die Mondkönigin

Irische Märchen

ISBN 3-538-06841-0

Keltische Märchen aus Schottland

ISBN 3-538-06939-5

Richard von Volkmann-Leander

Träumereien an französischen Kaminen

ISBN 3-538-06860-7

Artemis & Winkler

Märchen, Erzählungen, Gedichtsammlungen

Schöne Lau und Baba Jaga

ISBN 3-538-06826-7

Vom Einhorn und der Schönen Melusine

ISBN 3-538-06857-7

Hexen, Teufel und Gespenster

ISBN 3-538-06925-5

Meine Katze die Prinzessin

ISBN 3-538-07122-5

Loreley und Schinderhannes

ISBN 3-538-06903-4

Der Neue Conrady

Das große deutsche Gedichtbuch

ISBN 3-538-06894-1

Die Lieblingsgedichte der Deutschen

ISBN 3-538-06924-7